KB133187

Deux ans de Vacances

Deux ans de Vacances

15소년 표류기

Jules Verne 원작 | 천선란 추천

1판 1쇄 인쇄 2024년 7월 5일 | 1판 1쇄 발행 2024년 7월 15일

엮은이 소민호 | 그린이 김영미
펴낸이 정중모 | 펴낸곳 팡세미니 | 등록 1988년 1월 21일(제406-2000-000202호)
편집장 서경진 | 편집 정혜연, 김보라 | 디자인 권순영
마케팅 김선규 | 홍보 고다희 | 온라인사업 서명희
제작 윤준수 | 영업관리 구지영 | 회계 홍수진
주소 경기도 파주시 회동길 152
전화 031-955-0700 | 팩스 031-955-0661 | 홈페이지 www.yolimwon.com
전자우편 bbchild@yolimwon.com
ISBN 978-89-6155-529-6 04800, 978-89-6155-907-2(세트)

어린이제품안전특별법에 의한 제품 표시
제조자명 파랑새 | 제조년월 2024년 7월 | 제조국 대한민국 | 사용연령 8세 이상

Deux ans de Vacances

15소년 표류기

쥘 베른 원작 | 천선란 추천

팡세
미니

아이들의 능력을 무시하고
그들의 사회를 없는 것처럼
취급하는 어른들에게
아이들이 보내는 편지

차례

아이들의 세계도 그렇다는 것을 기억한다면

위기는 분열과 협력을 함께 가져온다. 슬기로운 사람이라면 협력으로써 위기를 모면하고 더 나은 상황으로 이끌 것이고, 어리석은 사람은 더 최악의 상황으로 치닫게 할 것이다. 하지만 사람은 처음부터 완벽할 수 없고, 모두가 실수와 후회를 통해 결정된다. 그러니 상황도 마찬가지이다. 상황은 분열과 협력을 반복하며 점차 나은 상황으로, 또는 더 좋지 않은 상황으로 나아간다.

<15소년 표류기>는 로빈슨 크루소의 결을 잇는 무인도 생

존기의 이야기이며, 이 소설만의 특징이라면 살아남아야 하는 주체가 성인이 아닌 아이라는 점이다. 현재 우리 사회는 아이들에게 생존 능력이 없다고 말한다. 독립적이지 못하고, 경제력이 없는, 사회의 일원으로서의 제 몫을 해내지 못하기에 반드시 누군가의 도움을 받아야만 하는 존재들. 이 모든 시선을 부정할 수는 없다. 다만, 이 시선은 지극히 자본주의와 시장경

제의 흐름으로 돌아가는 '현대사회'에 맞춰져 있다는 점을 잊어서는 안 된다. 현대사회는 다양한 법과 규제를 통해 아이들을 보호하고 있고 그것은 반드시 필요하고 옳은 일이지만, 일부는 사회의 일원으로서 작용하지 못한다는 이유로 아이들의 능력을 무시하고 그들의 사회를 없는 것처럼 취급한다. 아이들은 자신의 시각으로 사회를 판단하고, 정치하며, 목소리를 내고 권리를 주장한다는 것을, 또한 그럴 수 있다는 것을 잊은 이들에게 <15소년 표류기>는 생각을 전환시키는 단초가

될 수 있으리라.

　이 책은 아이들의 세계가 어른의 것과 다르지 않다는 것을, 긍정적이든 부정적이든 아이들은 사회를 답습하며 그것과 유사하게 사회를 꾸릴 수 있는 존재라는 것을 느끼게 해준다. 우리의 사회가 위기의 순간에 언제나 분열과 화합을, 협력과 이해를, 실수와 후회를 반복하는 것처럼 아이들의 세계도 그렇다는 것을 모두가 잊지 않았으면 한다.

소설가 천선란

Deux ans de Vacances

15소년 표류기

길 잃은 배

1860년 3월 9일 깜깜한 밤이었습니다.

파도가 들끓듯이 날뛰는 밤바다에 배 한 척이 나뭇잎처럼 나풀거렸습니다. 높은 파도에 휩싸인 배는 금세 가라앉을 듯 기우뚱거렸습니다. 그렇게 점점 넓은 바다로 떠내려가는 이 배의 이름은 '슬루기'였습니다.

배의 이름표는 이미 떨어져 나가고 없었습니다. 가장 큰 돛대도 부러졌고, 찢겨 나가고 남은 돛의 조각은 누더기처럼 너덜거렸습니다.

높은 파도에 금세라도 뒤집힐 것처럼 보이는 슬루기호 갑판에는 소년 네 명이 있었습니다. 열네 살 고든과 열세 살 브리앙과 도니펀, 열두 살 흑인 견습 선원 모코가 타륜을 붙잡고 안간힘을 썼습니다.

우르릉 쾅쾅! 또 집채만 한 파도가 배를 덮치자 네 소년은 갑판에 나뒹굴었습니다. 휘청거리며 일어선 고든이 물었습니다.

"브리앙, 괜찮아? 다치지 않았어?"

"응, 나, 나는 괜찮아. 다른 아이들은……?"

"우리는 여기 있어."

"모코, 모코는 어때?"

브리앙이 두리번거렸습니다.

"예, 브리앙 도련님. 저는 괜찮습니다."

소년들은 절벽처럼 깎아지르듯 가파르게 다가
오는 파도와 맞섰습니다. 그러면서도 서로 용기
를 북돋아 주었습니다.

그때 선실로 내려가는 계단의 문이 열리며, 아홉 살쯤 되어 보이는 소년이 얼굴을 빼꼼히 내밀었습니다.

"브리앙 형, 배는 괜찮아?"

"괜찮아. 아이버슨, 빨리 들어가!"

산더미 같은 파도가 또다시 슬루기호를 덮쳐 왔습니다.

"빨리 문 닫아!"

브리앙의 고함에 놀란 아이버슨은 재빨리 선실 안으로 들어가면서 문을 닫았습니다.

비바람은 더욱 세차게 몰아쳤습니다. 그런데 이상하게도 배 안에는 아이들만 보일 뿐, 어른은 없었습니다. 선실과 갑판에는 열다섯 명의 소년들뿐이었습니다. 견습 선원 모코 말고는 항해에 대해서 아는 사람도 없었습니다. 그들은 여기가 태평양 한가운데라는 것 외엔, 정확한 위치조차 알 수 없었습니다.

우지직! 새벽 한 시쯤 무언가 부러지는 소리가 들렸습니다. 모코가 다급하게 소리쳤습니다.

"돛이 부러졌어요!"

"고든과 도니펀은 빨리 타륜을 잡고, 모코는 나를 도와줘!"

브리앙이 큰 소리로 외치며 뱃머리 쪽으로 뛰어갔습니다.

모코는 견습 선원이어서 배에 대해 어느 정도 알고 있었습니다. 브리앙도 부모님을 따라 배를 타고 대서양과 태평양을 항해해 본 경험이 있어서 배 조종법을 조금 알고 있었습니다.

부러진 돛이 위태롭게 매달려 있자, 브리앙과 모코는 돛을 완전히 잘라 내 버렸습니다.

"브리앙 도련님, 그래도 돛이 있어야 안전해요. 작게라도 돛을 만들어서 달아야 해요."

"그래, 그럼 돛을 만들자."

두 소년은 몸을 가눌 수 없을 만큼 흔들리는 갑판 위에서 겨우겨우 작은 돛을 다는 데 성공했습니다.

브리앙은 아이들이 걱정되어 선실로 들어가 보았습니다. 아이들은 모두 겁에 질려 오들오들 떨고 있었습니다. 어떤 아이는 담요를 뒤집어쓴 채 울먹이고 있었습니다.

"얘들아, 무서워하지 마. 곧 괜찮아질 거야."

브리앙은 아이들을 안심시키고 나서 다시 갑판으로 올라갔습니다. 그로부터 한 시간이나 지났을까요.

찌지직! 또다시 돛이 찢어졌습니다. 아까 브리앙과 모코가 달아 놓은 작은 돛이 세찬 바람에 찢겨 날아가 버린 것입니다.

도니펀이 길게 한숨을 내쉬었습니다.

"휴, 이제 완전히 돛이 사라져 버렸군."

이제 배는 돛도 없이 언제 덮쳐 올지 모르는 파도와 맞서 싸워야 했습니다.

새벽 네 시 반쯤 되자 동쪽 하늘이 뿌옇게 밝아오기 시작했습니다. 그러나 파도는 여전히 출렁였고, 안개가 잔뜩 낀 바다에는 아무것도 보이지 않았습니다. 배는 흔들리면서 조금씩 조금씩 앞으로 나아가고 있었습니다.

Deux ans de Vacances

15소년 표류기

반가운 땅

모코는 소년들과 잘 어울리지 못하고 뱃머리 쪽에 혼자 우두커니 서 있었습니다. 부러진 돛대를 잡고 먼 곳을 바라보던 모코가 외쳤습니다.

"저기 보세요! 육지예요, 육지!"

"뭐, 육지라고?"

소년들은 모코가 가리키는 수평선 쪽을 바라보

았습니다.

"육지가 틀림없어. 돛대에서 오른쪽을 봐."

안개가 서서히 걷히면서 저 멀리 있는 육지가 모습을 드러냈습니다.

"육지다. 틀림없이 육지야!"

브리앙은 저도 모르게 큰 소리로 외쳤습니다. 고든과 도니펀도 펄쩍펄쩍 뛰면서 기뻐했습니다.

바람이 방향만 바꾸지 않는다면 슬루기호는 앞으로 한 시간이면 육지에 닿을 것 같았습니다.

브리앙은 뱃머리로 달려가 배를 댈 곳을 찬찬히 살펴보았습니다. 그런데 출렁이는 파도 사이로 검은 바위들이 언뜻언뜻 보였습니다.

"아니, 암초잖아? 저 암초에 부딪치는 날엔 배가 산산조각이 날 거야!"

브리앙은 선실 안에 있는 소년들을 갑판으로 불

러 모았습니다. 만약 배가 암초에 부딪쳐 가라앉으면 빨리 배 밖으로 탈출할 수 있도록 하기 위해서였습니다.

아침 여섯 시쯤 되었습니다. 육지에 가까워질수록 배는 점점 더 심하게 흔들렸습니다. 소년들은 모두 숨을 죽인 채 떨고 있었습니다.

쿵! 별안간 배가 왼쪽으로 크게 기우뚱하더니 이내 멈추고 말았습니다. 배 밑바닥이 암초에 부딪친 것입니다. 다행히도 부딪친 곳이 뾰족한 모서리가 아니었던 덕에, 물이 배 안으로 새어 들어오지는 않았습니다. 하지만 계속해서 파도가 배에 부딪치며 하얀 물보라를 거세게 일으켰습니다. 언제 더 큰 파도가 밀려올지 모를 일입니다.

"얘들아, 겁먹지 마. 기다리면서 바닷가에 배를 댈 방법을 생각해 보자."

브리앙은 잔뜩
겁에 질려 있는 소년들
을 안심시켰습니다. 그러자
도니펀이 따지듯이 물었습니다.
"뭐 때문에 기다린다는 거야? 도대
체 이해할 수가 없어."
"조금 있으면 썰물 때가 되어서 바닷
물이 빠져나갈 거야. 그때 육지로 올
라가자."

브리앙이 침착하게 대답했습니다.

브리앙의 말이 옳았지만, 도니펀과 윌콕스, 웨브와 크로스, 이 네 명은 브리앙의 말을 들으려 하지 않았습니다. 네 명은 영국 소년들로, 프랑스 소년인 브리앙이 자신들에게 이래라저래라 하는 것이 늘 못마땅했습니다.

그들은 배에 대해 잘 아는 사람이 흑인인 모코 외에는 브리앙뿐이라, 지금까지는 어쩔 수 없이 브리앙이 시키는 대로 따를 수밖에 없었습니다. 그러나 육지에 도착하기만 하면 저희끼리 따로 행동하려고 마음먹고 있었습니다. 특히 학교 성적이 뛰어난 도니펀은 자기가 제일 똑똑하다고 믿고 있던 터라, 브리앙을 더욱 못마땅하게 생각했습니다.

하지만 무섭게 소용돌이치는 물살을

보자 더럭 겁이 났습니다. 네 소년은 뱃머리 쪽에 모여 수군거렸습니다.

"아직은 헤엄쳐서 건널 수 없어."

"일단은 브리앙 말대로 기다려야겠어."

날이 환하게 밝자 육지의 모습이 더욱 또렷하게 보였습니다. 소년들은 육지에 배가 있는지 살폈습니다.

"바닷가에는 작은 보트 한 척도 보이지 않아요."

"항구가 없는데 어떻게 배가 있겠어?"

모코의 실망 섞인 말에 도니펀이 대꾸했습니다.

"항구가 있어야만 배가 있는 건 아니야. 고기잡이배들은 강어귀에도 댈 수 있으니까. 그리고 어쩌면 폭풍 때문에 배들을 뭍에 안전하게 올려놓았는지도 모르잖아."

고든의 말에 소년들은 고개를 끄덕였습니다.

시간이 지날수록 바닷물이 조금씩 빠져나가고, 바람도 한결 수그러들었습니다. 하지만 기뻐하긴 일렀습니다. 물이 빠지는 만큼 슬루기호가 자꾸 옆으로 기울어졌습니다.

 "모코, 이러다가 나중에 밀물이 들어오면 배가 뒤집히고 말 거야. 어떻게 해서든지 바닷가까지 가야 하는데……."

 브리앙이 걱정스러운 얼굴로 말했습니다. 그때 뱃머리에 있던 백스터가 고함을 질렀습니다.

 "브리앙, 이리 와 봐. 배에 보트가 있어!"

 모두들 깜짝 놀라 뱃머리로 달려갔습니다. 슬루기호에 달려 있던 비상용 보트가 그때까지 밧줄에 걸려 있었습니다.

 "파도에 쓸려 간 줄로 알았는데……."

 "부서진 데 없이 멀쩡해!"

모두 쓸 만한 보트를 발견하고 기뻐했지만, 아직 파도가 높고 바닷물이 눈에 띄게 줄어들지도 않은 터라, 보트를 쓸 수가 없었습니다. 하지만 이대로 하룻밤을 더 보낸다면 배는 높은 파도에 산산조각 나고 말 것 같았습니다.

브리앙과 고든은 깊은 생각에 잠겼습니다.

"밧줄을 바닷가 근처 바위에 붙들어 매는 거야. 그러면 밧줄을 잡고 한 명씩 갈 수 있어."

"좋은 생각이야. 하지만 그 밧줄을 누가 매지?"

고든은 고개를 끄덕이면서도 한편으로 걱정하는 마음이 들었습니다. 브리앙이 용감하게 나섰습니다.

"고든, 내가 해 볼게."

브리앙은 밧줄을 허리에 매고 바닷물에 뛰어들 준비를 했습니다. 동생 자크가 달려와서 울음을

터뜨렸습니다.

"형, 위험해. 제발 형 대신 내가 가면 안 돼? 흑흑……!"

"걱정 마, 자크. 형은 자신 있어."

브리앙은 곧바로 바다로 뛰어들었습니다. 그러고는 사백 미터쯤 떨어진 바닷가를 향해 있는 힘을 다해 헤엄을 쳤습니다. 그러나 물살이 워낙 세서 좀처럼 앞으로 나아가지 못했습니다. 그때 산더미만 한 파도가 브리앙을 덮쳤습니다. 브리앙의 몸은 지푸라기처럼 파도에 밀렸습니다. 그 바람에 브리앙은 정신을 잃고 말았습니다.

"브리앙이 위험해. 빨리 밧줄을 당겨!"

배에 있던 소년들은 모두 달려들어 밧줄을 힘껏 당겼습니다. 고든이 소리쳤습니다.

"조금만, 조금만 더 당겨!"

축 늘어진 브리앙의 몸이 갑판 위로 끌려 올라왔습니다. 자크가 브리앙의 몸을 흔들며 소리쳤습니다.

"형, 형, 정신 차려!"

다행히 브리앙은 곧 정신을 차렸습니다. 이 계획은 결국 실패로 돌아가고 말았습니다.

점심때가 지나자 다시 밀물이 시작되어 높은 파도가 일었습니다. 배는 아래위로 심하게 흔들렸습니다. 소년들은 배에서 굴러떨어지지 않으려고 서로를 꼭 붙들었습니다.

"앗, 엄청나게 큰 파도다. 모두 조심해!"

산더미처럼 부풀어 오른 파도가 무섭게 달려드는 것을 보고 소년들은 비명을 지르며 눈을 감았습니다. 큰 소년들은 작은 소년들을 꼭 끌어안았습니다.

아무 일 없이 지나가기를 바라는 소년들의 마음을 비웃기라도 하듯, 화난 맹수처럼 밀려온 파도는 슬루기호를 번쩍 들어 올렸습니다.

"으악!"

소년들의 비명이 슬루기호와 함께 파도에 떠밀렸습니다. 높은 파도는 바위에 걸터앉은 슬루기호를 밀어붙여 바닷가 모래밭으로 내동댕이쳤습니다.

"휴, 살았다."

한참 후에 정신을 차려 보니 배는 그대로 모래밭에 박혀 꼼짝도 하지 않았습니다.

당시 영국의 식민지인 뉴질랜드의 오클랜드에는 '체어먼'이라는 유명한 학교가 있었습니다. 체어먼 학교의 학생들은 대부분 미국과 유럽에서 온 부유한 집 아이들로, 백여 명의 학생들이 함께 공부를 하고 있었습니다.

이 학교에서는 대부분의 일을 아이들 스스로 하게 했습니다. 체어먼 학교의 아이들은 잘못을 저질렀을 때 그에 알맞은 벌을 받았고, 자신의 잘못을 숨기지 않았습니다. 모든 일에 솔직하고 남을 먼저 생각할 줄 알았습니다.

1860년 2월 14일 점심 무렵이었습니다. 체어먼 학교 학생들은 다음 날부터 시작되는 여름 방학 생각에 신이 나서 기숙사 문을 나왔습니다.

그 가운데 열네 명의 소년들은 슬루기호를 타고 여섯 주 동안 항해하기로 되어 있었습니다. 소년들은 벌써부터 마음이 들떠 있었습니다.

"아, 멋진 배를 타고 바닷가를 돌아볼 수 있다니, 정말 꿈만 같다!"

이 여행에 함께하는 소년들은 서로 학년이 다를 뿐 아니라, 나이도 여덟 살에서 열네 살까지 조금씩 달랐습니다. 태어난 나라도 달랐습니다. 브리앙과 자크는 프랑스인이었고, 고든은 미국인이었습니다. 나머지는 모두 영국인이었습니다.

도니편과 크로스는 열세 살 동갑내기로, 서로 사촌 간이며 둘 다 부잣집 아들이었습니다. 도니편은 머리가 좋고 공부를 잘했으나, 잘난 체하기를 좋아하고 무엇이든 일 등을 하고 싶어 했습니다. 그래서 아이들에게 인기가 많은 브리앙과 사이가 좋지 않았습니다. 크로스는 평범한 학생으로, 사촌인 도니편의 말이라면 무조건 옳다고 믿고 따랐습니다.

백스터 역시 열세 살로, 차분하고 부지런하며 남을 생각하는 마음이 깊었습니다. 특히 손재주가 뛰어나서 무엇이든지 잘 고치고 잘 만들었습니다.

웨브와 윌콕스는 열두 살로, 고집이 세어 형들의 말을 들으려 하지 않습니다. 하지만 봉사만큼은 열심히 하곤 했습니다.

가넷과 서비스 역시 열두 살로, 서로 사이가 좋은 삼 학년 학생들이었습니다. 가넷은 아코디언 연주를 좋아하고, 서비스는 모험하는 것을 좋아해서 『로빈슨 크루소』 같은 모험 소설에 푹 빠져 있었습니다.

젱킨스와 아이버슨은 아홉 살로, 둘 다 공부를 잘하는 우등생입니다.

돌과 코스타는 여덟 살로, 소년들 중 가장 나이가 어렸습니다. 돌은 고집쟁이이고, 코스타는 먹보였습니다.

지금까지 말한 열한 명의 소년들은 모두 영국인입니다.

미국인인 고든은 가장 나이가 많은 열네 살로 부모님을 일찍 여의었습니다. 고든은 의젓하고 성실하여 모두와 잘 어울리며 학교 안의 많은 학생들에게 존경을 받았습니다. 또, 언제나 '판'이라는 영리한 개와 함께 다녔습니다.

프랑스인인 브리앙과 자크는 아버지를 따라 이 년 전 뉴질랜드에 왔습니다. 형 브리앙은 오 학년으로, 머리가 좋고 운동을 아주 잘했습니다. 늘 약한 친구들을 도와주기 때문에 학생들에게 인기가 높았습니다. 삼 학년인 자크는 소문난 장난꾸러기였는데, 이번에 배를 타면서부터는 웬일인지 얌전해졌습니다.

흑인 소년 모코는 열두 살로, 뱃일을 배우는 견습 선원이었습니다. 용기도 있고 성실하게 일을 잘했습니다.

슬루기호는 1860년 2월 15일에 오클랜드항을 출발하기로 되어 있었습니다. 그러나 소년들은 빨리 배를 타고 싶은 마음에 14일 밤 모두 슬루기호에 올라탔습니다. 선장이 올 시각은 아직 멀었고, 선원들은 술을 마시러 가서 새벽 한 시가 넘도록 돌아오지 않았습니다. 배에는 모코만 자고 있었습니다. 소년들도 어느 틈엔가 모두 잠이 들었습니다.

그런데 이게 어찌 된 일일까요? 항구에 매어 놓은 밧줄이 풀린 채 슬루기호가 썰물에 밀려 넓은 바다로 서서히 흘러가기 시작했습니다.

"살려 주세요! 사람 살려요!"

잠에서 깨어난 모코가 소리쳤습니다. 고든과 브리앙, 그리고 선실에서 잠을 자던 소년들이 일어나서 갑판 위로 올라갔습니다.

"무슨 일이야?"

"대체 어떻게 된 일이야?"

"배가 떠내려가고 있어!"

"사람 살려!"

소년들은 발을 동동 구르며 소리쳤지만, 슬루기호는 자꾸만 먼바다로 흘러갔습니다. 아무리 둘러보아도 주위는 온통 불빛 한 점 없는 캄캄한 바다뿐이었습니다.

그렇게 며칠이 흘렀습니다. 비가 내리고 바람이

불기 시작했습니다. 바람은 점점 강해져서 폭풍으로 변했습니다. 그리고 이 주일 동안 비바람이 계속되었습니다.

소년들은 주저앉지 않고 거센 비바람과 맞섰습니다. 서로를 의지하면서 용기를 잃지 않고 비바람을 견뎌 냈습니다. 그리고 그렇게 표류한 지 이십 일 만에 드디어 육지를 발견한 것이었습니다.

한편 슬루기호가 사라진 오클랜드 항구에서는 큰 소동이 벌어졌습니다. 소년들의 가족과 선원들은 두 척의 배를 타고 보름 동안 부근 바다를 샅샅이 뒤졌습니다. 하지만 '슬루기호'라는 이름판만 찾았을 뿐, 아무것도 찾지 못했습니다.

열네 소년의 가족들은 슬루기호가 거센 비바람에 깊은 바닷속으로 가라앉은 것으로 여겼습니다. 찾는 것을 멈춘 가족들은 깊은 슬픔에 빠졌습

니다. 소년들이 살아 있을 것이라고 생각하는 사
람들은 이제 거의 없었습니다.

Deux ans de Vacances

15소년 표류기

사람의 흔적을 찾아서

바닷가에는 사람의 발자국 대신 새의 발자국만 있었습니다. 어디를 둘러봐도 사람의 흔적조차 찾아볼 수 없는 바닷가에는 바람 소리와 파도 소리만이 들려왔습니다. 고든이 두리번거리며 걱정스럽게 브리앙에게 말했습니다.

"아무도 살지 않나 봐. 무인도 같아."

"이곳이 무인도이건 아니건, 우리는
당장 여기서 지낼 곳을 찾아야 해."

"그래. 당분간 사용할 식량과
탄약이 있으니까 우선 잠잘 곳을 찾아보자."

브리앙과 고든은 벼랑과 강어귀의
기슭 사이에 펼쳐져 있는 숲속으로
가 보았습니다. 울창한 숲속에는
나뭇잎이 수북이 쌓여 있을 뿐, 사람이
지나다닌 흔적은 없었습니다.

브리앙과 고든은 숲을 나와 벼랑 뒤쪽으로 걸어
갔습니다. 그러나 그곳에도 동굴 같은 것은 보이
지 않았습니다.

둘은 배로 돌아와 소년들에게 말했습니다.

"우선은 배에서 지내는 게 좋겠어."

배는 밑바닥이 부서지고 한쪽으로 기울기는 했

지만, 잠시 동안 지내기에는 괜찮아 보였습니다.

저녁이 되자 모두 모코가 만들어 준 음식을 먹으며 즐거워했습니다. 장난꾸러기 자크만 혼자 시무룩했습니다.

다음 날 해가 뜨자 소년들은 배 안을 조사하기

시작했습니다. 무엇보다 배 안에 식량이 얼마나 남아 있는지 조사하는 게 중요했습니다. 살펴본 결과, 비스킷은 충분했지만 통조림이나 햄, 말린 고기, 소금에 절인 돼지고기, 연기에 그을린 생선 등의 식량은 두 달 치밖에 되지 않았습니다.

고든이 섬을 두리번두리번 살피며 말했습니다.

"만약을 대비해서 식량을 최대한 아껴야 해. 그리고 이 근처에 먹을 만한 것이 있는지 찾아보는 게 좋겠어."

"그래. 새알이나 조개로 식량을 하면 어떨까?"

"그게 좋겠다."

윌콕스가 바닷가를 가리키며 말하자 돌과 코스타가 맞장구를 쳤습니다.

몇몇 어린 소년들은 바닷가로 조개를 캐러 나갔습니다. 그사이에 나이가 많은 소년들은 다시 배

안을 꼼꼼히 조사하기 시작했습니다. 배의 창고에는 위급할 때를 대비한 돛과 닻줄, 밧줄 등 여러 가지 도구들이 있었습니다. 작은 대포 두 대와 엽총, 권총, 탄약 같은 무기들도 넉넉히 있었습니다.

무엇보다 바지, 외투, 방수복, 두꺼운 스웨터 등 입을 옷이 많아 다행이었습니다. 아무리 추운 겨울이 와도 걱정이 없을 것 같았습니다. 그 밖에도 나침반, 온도계, 시계, 망원경, 성냥, 실과 바늘 등 여러 가지 물건들이 우르르 쏟아져 나왔습니다.

배의 도서실에는 책들이 가득 차 있었고, 펜과 잉크, 종이 등 필기도구도 있었습니다. 금고에는 오백 파운드의 금화가 들어 있었습니다. 고든은 이 모든 것들을 하나하나 세며 공책에 꼼꼼히 적었습니다.

점심 무렵, 모코와 소년들이 조개를 잔뜩 캐서

돌아왔습니다. 모코가 소년들을 돌아보고 말했습니다.

"벼랑 높은 곳에 산비둘기가 많으니, 둥지에 알도 많을 거예요."

"산비둘기가 많다고? 드디어 내 사냥 솜씨를 발휘할 때가 왔구나!"

사냥을 좋아하는 도니펀이 우쭐대자 브리앙이 충고했습니다.

"도니펀, 너무 많이 잡지는 마. 총알을 아껴야 하니까."

"또 잔소리야. 그런 건 내가 스스로 알아서 하니까 걱정하지 마!"

도니펀은 못마땅한 듯 얼굴을 찡그렸습니다.

"도련님들, 식사하세요."

모코가 소년들을 불렀습니다.

"우아, 멋진 요린데!"

소년들은 모코의 조개 요리로 맛있는 점심 식사를 했습니다.

어느덧 밤이 되었습니다. 브리앙, 고든, 도니펀은 갑판에 모여 앉아 깊은 생각에 잠겼습니다.

"여기는 섬일까, 육지일까?"

세 소년은 이 문제를 놓고 의논을 했습니다. 고든이 숲을 바라보며 말했습니다.

"이곳이 열대 지방이 아닌 건 분명해. 떡갈나무, 자작나무, 너도밤나무, 오리나무 따위는 열대 지방에서 자라지 않거든."

"그렇다면 추위도 빨리 시작될 거 아니야? 여기서 우물쭈물하기보다는 육지를 찾아 어서 떠나는 게 좋겠어."

도니펀이 주장했습니다. 그러자 브리앙이 손을

내저으며 반대했습니다.

"안 돼. 어딘지도 모르는데 무작정 밖에서 헤맬 수는 없어."

"브리앙, 도대체 너는 왜 내가 말할 때마다 트집이야? 내 생각대로 하는 게 옳다고!"

"여기가 섬일지도 모른다고!"

급기야 브리앙과 도니펀은 서로를 노려보며 화를 냈습니다. 두 소년은 조금도 물러설 것 같지 않았습니다. 고든이 으르렁대는 두 소년을 간신히 말렸습니다.

"그만해. 우선 주변을 살펴서 여기가 섬인지 육지인지 알아내는 게 좋겠어."

브리앙은 잠시 생각하다가 말했습니다.

"북쪽에 있는 산꼭대기에 올라가면 먼 곳까지 볼 수 있을 거야."

"쳇, 쓸데없는 일이야. 그런 곳에서 뭐가 보인단 말이니?"

도니펀이 어림없다는 듯이 비웃었습니다. 그러나 브리앙은 자기가 직접 주변을 돌아보기로 했습니다.

하지만 다음 날부터 비가 오더니 갑자기 날씨가 추워지는 바람에 브리앙은 어쩔 수 없이 섬을 둘러보기로 한 것을 미뤄야 했습니다. 그사이 백스터와 어린 소년들은 조개를 캐고, 강에서 낚시질로 물고기도 잡았습니다.

도니펀은 윌콕스, 웨브, 크로스를 데리고 다니면서 산비둘기를 잡았습니다. 이 네 소년은 자기들끼리만 무리 지어 다녔습니다.

며칠 뒤 드디어 비가 그치고 날씨가 화창하게 개었습니다. 브리앙은 아침 일찍 일어나 식량과 권총, 망원경 등 몇 가지 물건을 챙겼습니다. 그리고 고든에게만 살짝 말했습니다.

"고든, 다녀올 테니 아이들을 잘 돌봐 줘."

"조심해."

브리앙은 바닷가를 따라 십 킬로미터쯤 걸어 큰 절벽에 닿았습니다. 가까스로 꼭대기까지 올라갔습니다.

'잘 보여야 할 텐데……. 여기는 육지일까, 섬일까?'

브리앙은 힘든 것도 잊은 채 망원경을 눈에 대고 사방을 둘러보았습니다.

북쪽은 모래밭이 넓게 펼쳐져 있었고, 그 끝으로는 푸른 물결이 보였습니다. 남쪽도 바닷가였습니다. 서쪽 역시 끝없는 바다가 펼쳐져 있을 뿐이었습니다.

"아, 모두가 바다야. 이제 희망은 동쪽뿐이야."

브리앙은 크게 숨을 들이마신 다음 망원경을 눈에 대고 동쪽을 살펴보았습니다. 저 멀리 희뿌옇게 안개가 낀 듯 잘 보이지 않았습니다. 브리앙은 혹시나 하는 마음에 차근차근 둘러보다가 힘없이 망원경을 내렸습니다.

"아, 역시 바다야!"

브리앙은 넋 나간 사람처럼 멍하니 서 있었습니다. 이곳이 육지가 아니라 섬이라는 것이 분명한 사실로 드러났습니다. 브리앙은 다시 기운을 내서 천천히 바위를 내려와 배로 돌아왔습니다.

"여긴 섬이 분명해. 아무리 둘러봐도 바다뿐이야."

브리앙의 이야기를 듣고 모두 실망했습니다.

"뭐, 바다라고? 혹시 잘못 본 것 아니야?"

"잘못 본 거 아니야. 동쪽 끝이 희미하게 보이긴 했지만 수평선이 분명했어."

브리앙이 고개를 흔들며 대답했습니다. 도니펀은 끝까지 브리앙의 말을 믿으려고 하지 않았습니다.

"내 눈으로 직접 보기 전엔 믿을 수 없어."

"그럼 몇 사람이 동쪽 끝까지 가 보도록 하자."

고든이 얼른 두 사람 사이에 끼어들며 말했습니다. 그 말에 도니펀도 찬성했습니다.

Deux ans de Vacances

15소년 표류기

보두앵의 동굴

3월이 지나고 4월이 되자 날씨가 한결 좋아졌습니다.

드디어 동쪽으로 탐험을 떠날 날이 되었습니다. 탐험 대원은 브리앙과 도니펀, 서비스, 윌콕스, 이렇게 네 사람으로 결정되었습니다. 각각 나흘 분의 식량을 자루에 담고 여러 가지 준비물들을 빠

짐없이 챙겼습니다.

　이튿날 소년들은 아침 일찍 일어나서 일곱 시쯤 떠날 준비를 마쳤습니다. 네 소년은 고든의 반려 견 판을 데리고 탐험을 떠났습니다.

　탐험대는 벼랑 아래의 숲을 지나 동쪽을 향해 걸었습니다. 한참을 가다 보니 울창한 숲으로 들어섰습니다. 숲속에는 나무가 넘어져 있기도 하고, 가시덤불이 우거져 있어 걷기가 매우 힘들었습니다.

　소년들은 큰 칼을 휘둘러 나뭇가지들을 쳐 내며 앞으로 나아갔습니다. 한참을 걸어가자 맑은 물이 흐르는 냇가에 다다랐습니다. 냇물 바닥에 큼직한 검은 돌들이 놓여 있어 쉽게

건널 수 있었습니다. 그것
을 보고 도니펀이 고개를
갸웃거렸습니다.

"이상해. 이 가지런한 돌들
을 봐."

도니편의 말대로 돌들이 마치 징검다리처럼 나란히 줄지어 놓여 있었습니다. 서비스가 고개를 끄덕이며 말했습니다.

"누군가 냇물을 건너기 위해 일부러 늘어놓은 게 틀림없어."

소년들은 주위를 살펴보았지만 사람이 다닌 흔적이라고는 찾아볼 수 없었습니다.

네 소년은 시냇물을 건너 조심스럽게 동쪽으로 걸어갔습니다. 길은 더욱 험해졌고, 한참을 걸어도 바다는 보이지 않았습니다. 일곱 시가 넘자 주위는 어두워졌습니다. 네 소년은 하는 수 없이 숲에서 하룻밤을 보냈습니다.

이튿날 네 소년은 나침반을 보면서 동쪽 숲으로 계속 나아갔습니다. 두 시간쯤 더 가자 넓은 벌판이 나왔습니다. 벌판 끝으로는 모래밭이 펼쳐져 있었고, 널따란 바다가 수평선까지 이어져 있었습니다.

"브리앙의 말이 맞았어. 바다였어……."

소년들은 기운이 빠져 그 자리에 털썩 주저앉았습니다. 도니편은 분한듯 입을 꾹 다물고 있었습니다. 브리앙의 말이 옳았다는 것을 인정하기 싫었기 때문입니다.

그때 갑자기 판이 바다 쪽으로 꼬리를 흔들며 달려갔습니다. 그러고는 물속으로 뛰어들어 허겁지겁 물을 먹어 댔습니다.

"아니, 판이 물을 먹고 있어!"

도니편은 얼른 물가로 달려가서 두 손으로 물을 떠서 마셔 보았습니다.

"물이 짜지 않아. 이건 민물이야. 바다가 아니야. 내 생각이 옳았어!"

도니편은 신이 났습니다. 이곳은 동쪽 지평선까지 펼쳐져 있는 커다란 호수였습니다. 소년들은 호수를 끼고 남쪽으로 가 보기로 했습니다.

저녁 일곱 시쯤 그들은 강가에 도착했습니다. 하지만 날이 어두워서 강 건너편은 보이지 않았습니다.

다음 날 아침, 소년들은 강 주변을 살피러 나갔

습니다. 윌콕스가 손가락으로 한 곳을 가리켰습니다.

"저것 좀 봐!"

거기에는 돌을 쌓아 만든 둑이 있었습니다.

"어, 여기 부서진 보트가 있어!"

도니펀이 근처에 흩어져 있는 나무토막들을 가리켰습니다. 아무래도 뱃머리에 붙어 있던 나무

들 같았습니다.

소년들은 몸을 부르르 떨었습니다. 어쩐지 으스스해졌습니다. 어디선가 둑을 쌓고 보트를 타고 온 사람들이 불쑥 나타날 것만 같았습니다. 갑자기 판이 킁킁거리며 숲으로 뛰어 들어갔습니다.

"판이 이상해. 따라가 보자."

소년들은 판의 뒤를 서둘러 쫓아갔습니다. 이윽고 커다란 너도밤나무 앞에 이르러 걸음을 멈췄습니다. 너도밤나무 둥치에는 'F. B. 1807'이라는 글자가 새겨져 있었습니다. 네 소년은 머리를 갸우뚱거리며 한동안 말없이 서 있었습니다.

그때 판이 또 무엇을 보았는지 마구 짖어 대며 달려왔습니다. 그러고는 소년들의 주위를 뱅글뱅글 돌았습니다.

"판이 우리더러 따라오라고 하는 것 같아."

"그래. 빨리 따라가 보자."

판은 덤불이 우거진 곳에 이르러 멈춰 섰습니다. 브리앙은 조심스럽게 덤불을 헤쳐 보았습니다. 그곳에는 좁은 구멍이 하나 뚫려 있었습니다.

"동굴 입구인 것 같아!"

브리앙은 마른 나뭇가지에 불을 붙여서 동굴 안으로 집어넣어 보았습니다. 나뭇가지는 타닥타닥 소리를 내며 활활 타올랐습니다. 안에 공기가 충분하다는 뜻이었습니다.

"자, 들어가 보자."

동굴 안은 입구보다 훨씬 넓었습니다. 바닥에는 마른 모래가 깔려 있고, 나무 탁자와 의자가 하나씩 놓여 있었습니다. 나무 탁자 위에는 흙으로 만든 주전자와, 접시 대신 사용한 조개껍데기, 녹슨 주머니칼과 낚싯바늘 등이 있었습니다.

벽 쪽에 있는 낡은 상자 속에는 누더기 옷이 들어 있었습니다. 좀 더 안쪽에는 다 떨어진 담요가 덮여 있는 침대가 있었습니다. 누군가 이 안에서 살았던 흔적들이었습니다.

"혹시 저 담요 밑에 시체가 있는 건 아닐까?"

"으으, 기분 나빠."

누군가의 말에 소년들은 한 걸음 물러났습니다. 그러자 브리앙이 다가가 담요를 확 걷어 젖혔습니다. 침대는 텅 비어 있었습니다.

"왈왈!"

동굴 밖에서 판이 또다시 짖어 대며 강 쪽으로 달려갔습니다. 소년들이 동굴을 빠져나와, 판을 따라 걷기 시작할 때였습니다.

"으악!"

소년들은 비명을 지르며 그 자리에 멈춰 섰습니

다. 커다란 너도밤나무 뿌리 근처에 사람의 뼈가 흩어져 있었던 것입니다.

"혹시 동굴 안에 살던 사람⋯⋯?"

"그런 모양이야. 아무래도 동굴에서 살던 사람이 오래전에 죽은 것 같아."

브리앙이 도니펀의 말에 고개를 끄덕였습니다.

소년들은 갑자기 몸을 부르르 떨었습니다. 이 사람이 섬을 빠져나가지 못해 여기서 죽은 것이라면, 소년들도 결국 같은 처지가 될 것이 뻔했습니다.

"다시 동굴에 들어가서 조사해 보자. 뭔가 도움이 될 만한 것을 찾을 수 있을 거야."

브리앙의 말에 소년들은 다시 동굴로 들어갔습니다.

"이것 봐. 시계가 있어."

윌콕스가 벽에 걸린 회중시계를 찾아냈습니다. 도니펀이 말했습니다.

"시계에 회사 이름이 있을 거야. 그걸 보면 뭔가 알게 될지도 몰라."

뚜껑을 열어 보니 도니펀의 말대로 '델퍼슈, 생 말로'라는 글자가 새겨져 있었습니다. 브리앙은 기쁘다는 듯이 소리쳤습니다.

"프랑스 글자야! 우리나라 사람이야!"

낡은 수첩도 하나 발견했습니다. 글씨가 거의 지워져 보이지 않았지만 '프랑수아 보두앵'이란 이름은 읽을 수 있었습니다. 도니펀이 눈을 반짝이며 말했습니다.

"아까 너도밤나무에 새겨진 'F. B.'는 프랑수아 보두앵의 머리글자를 딴 건가 봐. 그리고 '1807'은 이 사람이 이 섬에 온 해인 것 같아. 그렇다면 이 사람은 53년 전에 이곳에 와서 살다가 죽었다는 얘기야."

수첩을 한 장 한 장 넘기던 도니펀은 접혀 있는 종이쪽지를 꺼냈습니다. 종이에는 마치 새가 날개를 펼친 듯한 모양을 한 섬의 모습이 그려져 있었습니다. 보두앵이 직접 그린 것이 틀림없었습니다.

"이 섬이 무인도라는 게 분명해졌어. 그래도 겨울을 보낼 만한 동굴을 찾아냈으니 다행이야. 이제 돌아가자."

"그래, 돌아가기 전에 저 사람을 묻어 주자."

네 소년은 'F. B.'라는 글자가 새겨진 너도밤나무 밑에 보두앵의 뼈를 묻고는 나무 십자가를 세웠습니다. 그러고 나서 잠시 동안 고개를 숙여 묵념을 했습니다.

고든과 배에 남은 소년들은 탐험대가 돌아오기를 애타게 기다리고 있었습니다.

"아, 저기 탐험대가 돌아온다!"

"어서 와. 뭐 좋은 소식 있어?"

　소년들은 탐험대가 무사히 돌아오자 그들을 반갑게 맞이했습니다. 그러나 이곳이 바다로 둘러싸인 섬이라는 말을 듣고 크게 실망했습니다. 의젓한 고든이 소년들을 위로했습니다.

"보두앵은 혼자였지만 우리는 여러 명이니까 서로 힘을 모아 씩씩하게 생활하다 보면 언젠가 집으로 돌아갈 수 있을 거야. 자, 우리 모두 힘내자!"

　소년들은 먼저 동굴로 이사하기로 결정했습니다. 날씨가 점점 추워져서 더 이상 배에서는 생활하기 힘들 것 같았기 때문입니다. 소년들은 보두앵이 살던 동굴을 '프랑스 사람의 동굴'이라는 뜻으로 '프렌치 동굴'이라고 불렀습니다.

동굴에 들어가기 전까지는 강기슭에 있는 배의 돛을 이용해 천막을 치고 지내기로 했습니다. 그리고 배에 실려 있던 짐을 모두 천막으로 옮겼습니다.

다음으로 소년들은 슬루기호를 뜯어 내어 뗏목을 만들기 시작했습니다. 부서진 나뭇조각들은 강기슭으로 날랐습니다.

모두 열심히 일을 한 덕분에 사흘이 지나자 마침내 커다란 뗏목이 완성되었습니다. 그런데 이 뗏목에 짐을 싣는 것도 큰일이었습니다.

"내 생각으로는 5월 6일쯤 출발하는 게 좋겠어. 그때부터 초승달이 뜨니까 이삼 일 동안은 밀물이 들어와서 바닷물이 불어날 거야. 그 밀물을 이용해서 뗏목을 타고 강을 거슬러 올라가는 거야."

모두들 브리앙의 생각에 찬성했습니다. 그러자 고든도 한 가지 의견을 내놓았습니다.

"우리가 여기를 떠나고 나면 배들이 지나가도 우리가 이 섬에 갇혀 있다는 신호를 보낼 수 없잖아. 그러니까 벼랑 꼭대기에 돛대를 세우고 깃발을 달아 두자."

"좋은 생각이야."

벼랑 끝에 돛대를 세우는 것은 무척 힘든 일이었습니다. 하지만 모두들 즐거운 마음으로 해냈습니다.

드디어 5월 6일 아침이 되었습니다.

"자, 출발!"

열다섯 명의 소년들과 짐을 잔뜩 실은 뗏목이 삐걱삐걱 소리를 내며 강을 거슬러 올라갔습니다. 다음 날 오후, 뗏목은 무사히 프렌치 동굴 근

처의 벼랑 아래 도착했습니다.

동굴은 열다섯 명 소년들이 생활하기에는 비좁았습니다. 게다가 침대, 식탁, 식기 등 모든 짐들을 한 방에 두다 보니 아무래도 불편했습니다.

"동굴을 넓히는 게 좋겠어."

다행히 동굴 벽은 무른 흙으로 되어 있어서 작업하기가 별로 어려울 것 같지는 않았습니다.

"바깥까지 십이 미터쯤 될 거야. 일단 호수 쪽으로 통로를 파 들어가는 거야. 그리고 통로 양옆을 더 파서 여러 개의 방을 만드는 거지, 어때?"

"그게 좋겠다."

프렌치 동굴에서는 며칠 동안 벽을 파는 곡괭이질 소리가 그치지 않았습니다.

얼마쯤 파 들어갔을 때, 벽 쪽에서 이상한 소리가 들렸습니다. 마치 어떤 짐승의 신음 소리 같았습니다.

"쉿, 벽 쪽에서 무슨 소리가 들리는 것 같아."

"글쎄, 그냥 바위 속에서 흐르는 물소리 아닐까?"

소년들은 곡괭이질을 멈추고 벽에 귀를 들이댔지만, 무슨 소리인지 알 수 없었습니다.

밤이 되자 그 이상한 소리는 잠시 들리지 않았습니다. 그러다가 갑자기 벽 너머에서 판이 사납게 짖는 소리와 함께 으르렁거리는 짐승 소리가 들렸습니다.

"판이 어떤 짐승과 싸우고 있어!"

"빨리 굴을 파자. 판이 위험해!"

도니펀, 윌콕스, 웨브는 벽을 향해 총을 겨누었고, 다른 소년들은 정신없이 굴을 파 들어갔습니다. 곧이어 벽이 와르르 무너지고 구멍이 뚫렸습니다. 그와 동시에 동물 한 마리가 동굴 구멍에서 휙 뛰어나왔습니다. 모두들 기겁했습니다.

"앗!"

그 동물은 판이었습니다. 판은 목이 몹시 말랐는지 양동이에 든 물을 벌컥벌컥 마신 뒤 고든 주위를 맴돌았습니다.

소년들은 램프를 들고 구멍 안쪽으로 들어가 보았습니다. 동굴 안에는 피투성이가 된 표범 한 마리가 싸늘하게 죽어 있었습니다.

"판이 이 표범과 싸워서 이겼어."

소년들은 판을 쓰다듬어 주며 기뻐했습니다.

이렇게 해서 소년들은 두 번째 동굴을 발견했습니다. 이 동굴을 '홀'이라 부르기로 하고, 그곳을 침실과 공부방으로 사용하기로 했습니다.

소년들은 두 번째 동굴을 편리하게 쓰기 위해서

슬루기호에서 가져온 의자, 탁자, 옷장 같은 가구를 옮겼습니다. 그뿐만 아니라 넓은 홀을 덥히기 위해 난로도 가져와 설치했습니다.

소년들은 방이 넓어진 덕에 한결 즐겁게 생활할 수 있었습니다.

Deux ans de Vacances

15소년 표류기

지도자 뽑기

　6월 10일, 소년들은 저녁 식사를 마치고 모두 홀에 모였습니다.

　"이 섬 곳곳에 이름을 붙이는 게 어때?"

　"좋아."

　서비스의 말에 모두 대찬성이었습니다. 고든이 소년들을 둘러보며 말했습니다.

"우리 배가 닿은 곳은 '슬루기만'이라 부르면 되겠다. 다른 곳 이름들도 생각해 보자."

소년들은 머릿속에 떠오르는 이름을 하나씩 꺼내기 시작했습니다.

뗏목을 타고 올라온 강은 뉴질랜드의 이름을 따서 '뉴질랜드강', 호수는 집을 생각하자는 뜻으로 '가정 호수', 높다란 벼랑은 고향 도시의 이름을 따서 '오클랜드 언덕'이라고 지었습니다. 브리앙이 바다를 보았다고 한 자리는 '실수곶', 징검다리가 있던 냇가는 '징검다리 내', 홀 앞의 넓은 초원은 '운동장'이라고 했습니다. 그리고 서쪽에 있는 세 개의 곶은 소년들이 태어난 나라 이름을 따서 각각 '프랑스곶', '영국곶', '미국곶'이란 이름을 붙였습니다.

마지막으로 이 섬의 이름을 짓는 일만 남았습니

다. 꼬마 코스타가 낮은 목소리로 말했습니다.

"우리 모두 체어먼 학교 학생들이니까, 이 섬을 '체어먼섬'이라고 하면 좋겠어."

"야, 멋진 이름이다."

모두들 기뻐하며 박수를 쳤습니다.

이번에는 브리앙이 새로운 제안을 했습니다.

"이제 섬 이름들을 다 지었으니까, 이 섬의 지도자를 뽑으면 어떨까?"

"뭐, 지도자를 뽑자고?"

도니펀이 놀란 듯 눈을 동그랗게 떴습니다.

"그래, 우리에겐 지도자가 있어야 해. 어떤 문제가 생기면, 해결해 줄 사람 말이야."

"좋아, 당장 뽑도록 하자."

브리앙의 말에 다른 아이들도 일제히 찬성하고 나섰습니다.

도니펀은 브리앙이 지도자가 될까 봐 은근히 걱정되었습니다. 도니펀은 자신이 지도자가 되고 싶었던 것입니다.

브리앙이 씨익 웃으며 말했습니다.

"나는 우리들 가운데 가장 생각이 깊은 고든이 지도자가 되면 좋겠어."

"맞아. 고든이 좋아."

그리하여 고든이 체어먼섬의 첫 번째 지도자로 뽑혔습니다.

고든은 계획표를 만들고 소년들이 각자 해야 할 일들을 나누었습니다. 매일 오전과 오후 두 시간씩 홀에 모여 다 함께 공부를 하기로 했습니다. 일요일과 목요일에는 모두가 여러 가지 문제를 의논하는 토론회를 갖기로 했습니다.

시계태엽 감는 일은 윌콕스가 맡고, 달력은 백

스터가 맡기로 했습니다. 또한 백스터는 섬에서 일어난 일을 일지에 기록하는 일도 맡았습니다. 웨브는 온도계와 기압계를 관리하는 일을 맡기로 했습니다.

소년들은 고든의 계획표에 따라 규칙적인 생활을 해 나갔습니다.

6월이 되자, 지구의 남쪽에 있는 섬은 날씨가 추워지면서 온통 눈이 하얗게 쌓였습니다. 소년들은 눈밭을 뒹굴고 신나게 눈싸움을 하며 놀았습니다. 그러나 6월 말이 되자, 눈이 일 미터 이상 쌓이는 바람에 프렌치 동굴 밖으로 나갈 수조차 없었습니다. 소년들은 보름 동안 동굴에 갇혀 지내야 했습니다.

동굴에서 지내는 동안 무엇보다 걱정스러운 것은 식량이었습니다. 겨울에는 사냥도 낚시도 할 수 없기 때문이었습니다. 그러다 보니 모코는 식사 때마다 애를 먹었습니다. 배에서 가져온 식량을 아껴서 요리를 해야 했습니다.

"모코, 오늘은 이 새로 요리를 해 봐."

윌콕스가 그물로 잡은 새 한 마리를 모코에게 내밀었습니다. 모코가 반가워하며 말했습니다.

"마침 무엇으로 요리를 할까 걱정하던 참에 잘 되었네요."

이렇게 이따금씩 윌콕스가 해변에 쳐 둔 그물로 새를 잡아 온 덕에 소년들은 다행히 식사를 거르지 않았습니다.

9월로 접어들자 날씨가 따뜻해지면서 눈이 서서히 녹기 시작했습니다. 소년들이 체어먼섬에 온 지 꼭 여섯 달이 되는 9월 10일에는 눈과 얼음이 모두 녹았습니다. 이리하여 열다섯 명의 소년들은 첫 번째 겨울을 아무 탈 없이 넘겼습니다.

11월이 되었습니다.

하늘은 더없이 맑고 날씨는 한결 따뜻해졌습니다. 소년들은 다시 탐험을 떠나기로 계획을 세웠습니다. 이번에는 브리앙이 남고, 대신 고든이 탐험대를 이끌고 가기로 했습니다.

11월 5일 아침이 밝았습니다. 남은 소년들의 배웅을 받으며 고든, 도니펀, 백스터, 윌콕스, 웨브, 크로스, 서비스, 이렇게 일곱 명이 탐험 길에 올랐습니다.

이번 탐험의 목적은 가정 호수의 서쪽 기슭을 북쪽 끝까지 조사하는 일이었습니다. 탐험대는 서쪽 기슭의 모래밭을 향해 씩씩하게 걸어갔습니다. 그렇게 사흘째 되던 날이었습니다. 백스터가 숲속 풀밭에서 염소처럼 생긴 동물들이 놀고 있는 것을 보았습니다.

"고든, 따라와 봐. 저 너머 풀밭에 염소 떼가 몰려 있어."

"그래? 가 보자."

백스터가 고든의 손을 잡고 풀밭이 잘 보이는 곳으로 갔습니다. 두 소년은 발소리를 죽인 채 풀밭으로 다가갔습니다. 고든이 동물 떼를 가리키며 말했습니다.

"야, 저건 염소가 아니라 비쿠냐야. 젖도 짜서 먹을 수 있어."

"우리가 붙잡아서 키우자."

비쿠냐는 남아메리카의 초원에 사는 동물입니다. 생김새는 염소와 비슷하지만, 다리가 길고 뿔이 없습니다.

고든과 백스터는 갖고 있던 넓은 천 한가운데

돌멩이를 끼웠습니다.

"이만하면 훌륭한 줄팔매다."

백스터는 줄팔매를 머리 위에서 빙빙 돌리다가 비쿠냐를 향해 한쪽 끝을 던졌습니다. 그러자 돌멩이가 바람 소리를 내며 날아갔습니다. 하지만 날아간 돌은 빗나갔습니다.

"또 해 보자!"

두 소년은 번갈아 가면서 줄팔매질을 했습니다. 거듭할수록 줄팔매 실력이 좋아졌습니다. 그렇게 해서 두 소년은 비쿠냐 몇 마리를 잡았습니다.

탐험대는 라마도 잡았습니다. 라마는 낙타와 비슷해 보이지만 낙타보다 몸집이 훨씬 작은 동물입니다.

탐험대는 사로잡은 동물들을 앞세워 프렌치 동굴로 돌아왔습니다. 소년들은 숲에서 주운 나무

와 배에서 뜯어낸 두꺼운 판자를 이용해 가축을 키울 우리를 지었습니다. 우리 안에는 라마, 비쿠냐, 타조, 덫으로 잡은 칠면조까지, 동물들로 득실거렸습니다.

요리 재료가 많아지자 모코는 아주 기뻐했습니다. 모코는 날마다 비쿠냐의 젖과 칠면조 알로 맛있는 음식을 만들었습니다. 여기에 단맛을 낼 수 있는 설탕만 있다면 더 바랄 게 없었습니다.

그러던 어느 날, 고든은 숲에서 사탕단풍나무를 발견했습니다. 이 나무줄기에 흠집을 내서 흘러나오는 즙을 받아 모은 뒤 그 즙을 끓여 바짝 조리자, 달콤한 맛을 내는 시럽이 되었습니다. 시럽은 요리할 때 단맛을 내기에 충분했습니다.

소년들은 이런 식으로 체어먼섬에서 생활에 필요한 것들을 그때그때 만들거나 찾아내며 지냈습니다. 소년들에게 없는 것은 신선한 채소뿐이었습니다.

12월 15일, 아침 일찍 소년들은 슬루기만으로 바다표범 사냥을 나섰습니다. 바다표범을 잡아서 부족한 램프의 기름을 얻으려는 것이었습니다.

"와!"

소년들은 벌써부터 신이 나서 함성을 질렀습니다. 사냥 대장을 맡은 도니펀이 바위 뒤에 숨어서 소년들에게 소리쳤습니다.

"발사!"

탕, 탕, 탕탕!

요란한 총소리와 함께 여러 마리의 바다표범들이 푹푹 쓰러졌습니다. 순식간에 스무 마리 정도의 바다표범을 잡았습니다.

모코는 큰 냄비에 물을 끓여 바다표범 고기를

삶았습니다. 얼마 뒤 뜨거운 물 위에 기름이 둥둥
떴습니다.

"아휴, 냄새. 무슨 냄새가 이렇게 고약해?"

소년들은 코를 막으며 기름을 걷어 큰 통에 옮
겨 담았습니다. 당분간 기름 걱정은 하지 않아도
되었습니다.

어느덧 크리스마스가 다가오고 있었습니다. 소
년들은 만국기와 크리스마스트리를 만들어 동굴

을 멋지게 장식했습니다. 체어먼섬은 온통 축제 분위기로 들떴습니다.

크리스마스 아침, 모두들 밝게 웃으며 인사를 나누었습니다.

"메리 크리스마스!"

"모두 축하해!"

오클랜드 언덕에서 쏘아 올리는 축포 소리가 멀리멀리 퍼져 나갔습니다. 소년들은 가넷의 아코디언 연주에 맞춰 신나게 노래 부르며 춤을 추었습니다.

저녁 식탁에는 모코와 서비스가 정성껏 만든 요리가 풍성하게 차려졌습니다. 브리앙이 먼저 큰 소리로 건배를 외쳤습니다.

"지도자 고든을 위하여!"

"우리 모두와 고향에 있는 가족들을 위하여!"

고든도 소년들과 함께 힘차게 건배를 했습니다.

소년들의 즐거운 크리스마스 밤은 점점 깊어만

갔습니다.

Deux ans de Vacances

15소년 표류기

비밀

1861년 새해가 밝았습니다. 남반구에 있는 이 섬에서는 가장 무더운 여름이 시작되었습니다.

자크는 해가 바뀌어도 잘 웃지 않고 여전히 시무룩했습니다. 다른 아이들과도 잘 어울리지 않았습니다. 브리앙은 걱정이 되었습니다.

"자크, 무슨 고민이 있니? 형한테 말해 봐."

"고민 없어."

브리앙이 걱정되어 물어보면 자크는 번번이 아무 일도 없다는 말만 되풀이했습니다.

그러던 어느 날, 브리앙은 고든에게 말을 꺼냈습니다.

"고든, 동쪽을 다시 조사해 보고 싶어. 보두앵은 멀리까지 볼 수 없었지만, 우리는 망원경이 있으니까 혹시 멀리 있는 육지를 발견할 수 있을지도 몰라."

"그래, 누구를 데리고 갈 생각이야?"

"모코와 자크가 좋겠어. 모코는 배를 잘 다루니까 필요하고, 자크는 아무래도 비밀이 있는 것 같아. 단둘이 있게 되면 뭔가 털어놓겠지."

그날 고든은 모두에게 브리앙의 탐험 계획에 대해 이야기했습니다. 도니펀은 이번 탐험에 자신이 빠진 것에 대해 불만이 많았습니다.

"쳇, 브리앙 말이라면 꼼짝 못 하는군."

브리앙과 모코, 자크는 서둘러 탐험 준비를 마치고 다른 소년들에게 작별 인사를 했습니다.

2월 4일, 아침 일찍 세 소년을 태운 보트는 동쪽 바닷가를 향해 서서히 나아갔습니다. 다음 날 세 소년은 동쪽 바다의 한 기슭에 도착했습니다.

"저 바위 위에 올라가서 살펴보자."

세 소년은 가장 높은 바위 위로 올라갔습니다. 브리앙은 망원경으로 동쪽 바닷가를 찬찬히 훑어보았습니다. 그러나 드넓게 펼쳐진 바다뿐, 아무것도 눈에 띄지 않았습니다.

"휴, 역시 바다뿐이야. 혹시나 했는데……"

브리앙은 한숨을 내쉬며 망원경을 모코에게 건네주었습니다.

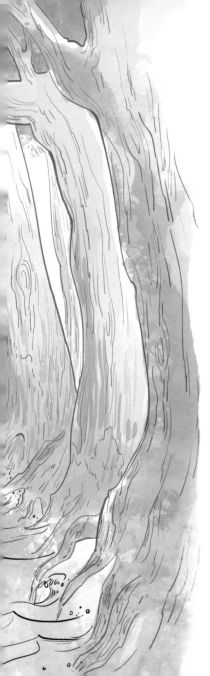

"어? 브리앙 도련님,
저건 뭐지요?"

모코가 무엇을 보았
는지 북동쪽을 가리키
며 소리쳤습니다.

"뭐가 보여?"

브리앙이 다시 망원
경을 들었습니다. 수평
선 위에 흰 점 같은 것
이 어른어른하게 보였
습니다. 혹시 산일지도
모른다는 생각에 브리
앙은 가슴이 뛰기 시
작했습니다. 그러나 얼
마 안 가서 해가 서쪽

으로 기울자 흰 점도 사라졌습니다.

'구름이었을까? 아니면 정말 산이었을까?'

세 소년은 흰 점에 대한 궁금증을 풀지 못한 채 바위를 내려왔습니다.

일곱 시쯤 저녁 식사를 마치고 브리앙과 자크는 바닷가로 산책을 나갔습니다. 모코는 가까운 숲으로 나무 열매를 주우러 갔습니다. 곧 날이 어두워져서 모코가 돌아와 보니, 브리앙과 자크의 모습이 보이지 않았습니다. 그때 바위 뒤에서 흐느끼는 소리와 함께 브리앙의 고함 소리가 들려왔습니다.

"정말 네가 배의 밧줄을 풀었단 말이야?"

"용서해 줘, 형! 용서해 줘."

자크는 무릎을 꿇고 브리앙에게 매달려 엉엉 울고 있었습니다.

"너 때문에 모두 얼마나 고생하는 줄 알아!"

"흑흑, 잘못했어, 형!"

"그래서 네가 다른 아이들과 잘 어울리지 못하고 외톨이로 지냈구나. 다른 아이들이 이 사실을 알면 절대로 용서하지 않을 거야."

브리앙의 목소리가 떨리고 있었습니다.

모코는 자기도 모르게 엄청난 비밀을 엿듣고 말았습니다. 그냥 모르는 척하기에는 너무나도 괴로운 일이었습니다. 그래서 잠시 후 브리앙이 돌아왔을 때 조용히 말했습니다.

"브리앙 도련님, 일부러 엿들은 건 아니지만 두 분의 이야기를 듣고 말았어요. 자크 도련님을 용서해 주세요."

"그렇지만 다른 아이들이 용서해 줄까?"

"아마 용서할 겁니다. 그러나 당분간은 알리지

않는 게 좋을 것 같네요. 난 절대로 말하지 않겠어요."

"모코, 고마워."

브리앙은 모코의 손을 꼭 잡았습니다.

브리앙 일행의 탐험 결과를 들은 소년들은 크게 실망했습니다. 어렴풋이 보였던 흰 점이 무엇이었는지 도무지 확인할 방법이 없었습니다.

브리앙은 예전보다 한층 더 열심히 일했습니다. 하지만 갑자기 말수가 적어지고, 다른 소년들과 잘 어울리지도 않았습니다. 그 대신 힘든 일을 되도록 동생 자크에게 시키기 시작했습니다. 자크도 브리앙이 시키는 대로 묵묵히 따랐습니다.

체어먼섬의 소년들은 강을 거슬러 올라오는 연어를 잡거나 사냥을 했습니다. 그런가 하면 바닷물을 말려 소금을 만들기도 했습니다.

소년들은 머지않아 닥칠 겨울에 대비해 하루하루 바쁘게 일하며 식량을 준비했습니다.

5월이 되자, 섬에 있던 새들이 떼 지어 따뜻한 나라로 날아갔습니다.

어느 날 브리앙은 열두 마리 정도의 제비를 잡아 왔습니다. 그리고 도움을 요청하는 쪽지를 써서 제비 목에 달아 날려 보냈습니다.

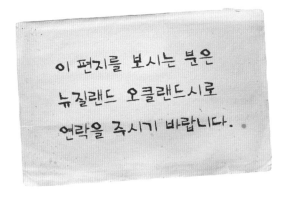

"잘 가거라, 제비들아. 꼭 부탁한다!"

소년들은 날아가는 제비들을 바라보며 소리쳤습니다.

6월 10일은 두 번째 지도자를 뽑는 날이었습니다. 고든의 일 년 임기가 끝났기 때문입니다.

도니펀은 이번에는 자기가 새로운 지도자가 될 것이라고 철석같이 믿고 있었습니다. 브리앙, 고든, 자크, 그리고 당시에는 투표권이 없던 흑인인 모코를 빼고는, 모두 자기와 같은 영국인이기 때문이었습니다.

마침내 고든이 투표 결과를 발표했습니다.

"브리앙 여덟 표, 도니펀 세 표, 고든 한 표, 기권 두 표."

기권을 제외하고 모두 열두 표였습니다. 고든과 도니펀은 기권했고, 브리앙은 고든에게 표를 던졌던 것입니다. 갑자기 도니펀의 얼굴이 일그러졌습니다.

브리앙은 자기가 지도자가 될 줄은 생각지도 못했습니다. 그래서 처음에는 사양하려고 마음먹었습니다. 그러나 자크의 얼굴을 보면서 마음이 달라졌습니다. 자크가 저지른 잘못을 조금이라도 갚기 위해서 지금보다 더 열심히 노력하고 싶어졌습니다.

"모두 고마워. 앞으로 열심히 할게."

"와, 브리앙 만세!"

어린 소년들은 친절한 브리앙이 지도자가 된 것을 무척 기뻐했습니다.

그 후, 소년들은 브리앙을 따르며 열심히 일했습니다. 다만 도니펀을 비롯해 크로스, 윌콕스, 웨브만이 브리앙을 못마땅하게 여기며 저희들끼리 뭉쳐 다니곤 했습니다.

체어먼섬에 두 번째 겨울이 찾아왔습니다. 소년들은 날씨가 추워져서 동굴 안에 틀어박혀 따분하게 지냈습니다.

브리앙은 아이들이 운동을 하지 못해 병이라도 얻을까 걱정이었습니다. 궁리 끝에 손재주가 좋은 백스터에게 스케이트를 부탁했습니다.

"백스터, 스케이트를 만들 수 있겠어?"

"그것쯤이야, 얼마든지 만들 수 있지!"

백스터는 반나절 동안 판자를 자르고 나무를 깎았습니다. 똑딱똑딱 망치질도 하고 요모조모 다듬더니 그럴듯한 스케이트를 여러 켤레 만들어 냈습니다.

드디어 8월 25일, 모두들 동굴에서 나와 얼음이 꽁꽁 얼어 있는 가정 호수로 갔습니다. 브리앙이 주의를 주었습니다.

"너무 멀리 가면 안 돼. 그리고 고든과 내가 나팔을 불면 곧 돌아와야 한다."

소년들은 모두 신이 나서 스케이트를 타기 시작했습니다. 그중에서도 자크의 스케이트 타는 실력은 정말 놀라웠습니다. 자크는 앞으로 뒤로 움직이며 한쪽 다리로 빙빙 돌기도 하고, 공중에서 빙그르르 공중 돌기도 멋지게 선보였습니다.

"와, 잘한다!"

모두들 자크의 묘기에 박수를 치며 감탄했습니다. 그러자 스케이트를 제법 잘 탄다는 도니펀은 은근히 샘이 났습니다. 도니펀은 일부러 다른 소년들과 멀찌감치 떨어져서 크로스를 불렀습니다.

"크로스, 이리 와 봐. 우리 저쪽으로 가서 물오리나 잡자."

도니펀과 크로스는 물오리 떼가 있는 곳으로 멀

리 가 버렸습니다.

"도니펀, 어디로 가는 거야?"

브리앙이 큰 소리로 불렀지만 도니펀은 들은 척
도 하지 않았습니다.

그렇게 두 시간이 지나자 호수에 별안간 안개가
끼기 시작했습니다. 안개는 점점 짙어져 한 발짝
앞도 볼 수 없었습니다.

"도니펀과 크로스가 안 보여. 어서 나팔을 불어
야겠어!"

나팔 소리가 호수에 울려 퍼졌습니다. 그러나
도니펀과 크로스의 모습은 나타나지 않았습니다.
브리앙이 걱정스럽게 말했습니다.

"날이 어두워지기 전에 찾아야 해. 누가 멀리까
지 가서 나팔을 불어 봐."

"내가 갈게."

"아니야, 내가 갈게."

소년들이 서로 가겠다고 나섰습니다. 브리앙은 안심이 되지 않는지 자기가 직접 가겠다고 했습니다. 그러자 자크가 앞으로 나섰습니다.

"형, 나를 보내 줘. 내가 형보다 스케이트를 잘 타잖아."

"그럼 이 나팔을 가지고 네가 갔다 와."

자크는 곧 짙은 안개 속으로 사라졌습니다. 그러나 삼십 분이 지나도 아무도 나타나지 않았습니다.

"왜 아무도 안 오는 거지? 총을 쏴서 신호를 보내 보자."

브리앙은 하늘을 향해 총을 쏘았습니다. 그러나 여전히 아무런 대답도 들리지 않았습니다. 소년들은 대포를 가지고 와서 십 분 간격으로 쾅쾅 쏘아 댔습니다. 대포 소리라면 호수 끝에서도 들릴 게 분명했습니다.

어느새 오클랜드 언덕 너머로 해가 넘어가고 있었습니다. 그때였습니다. 안개 속에서 두 개의 그림자가 나타났습니다.

"야, 저기 도니편과 크로스가 온다!"

모두 함성을 질렀습니다. 그러나 자크의 모습은 보이지 않았습니다.

브리앙이 당황한 목소리로 물었습니다.

"도니편, 혹시 자크를 만나지 못했니?"

"자크라니? 못 만났는데……."

브리앙은 동생 자크가 걱정되어 어쩔 줄 몰랐습니다. 그때, 망원경으로 안개 속을 살피던 고든이 소리쳤습니다.

"저기 자크가 온다!"

"어, 근데 자크 뒤에서 뭔가가 쫓아오고 있어!"

커다란 그림자가 자크 뒤를 바짝 쫓아오고 있었습니다.

"앗, 맹수다!"

도니펀은 재빨리 앞으로 달려가 맹수를 향해 총을 두 번 쏘았습니다. 총소리에 놀란 맹수는 허겁지겁 어둠 속으로 사라졌습니다. 그것은 두 마리의 곰이었습니다.

섬에서는 찾아볼 수 없었던 곰이 갑자기 나타나자 고든은 이상한 생각이 들었습니다.

'저 곰들이 도대체 어디서 왔을까? 얼어붙은 강을 건너왔거나 빙산을 타고 여기까지 온 걸지도 몰라.'

자크가 숨을 헐떡이며 말했습니다.

"내가 멀리까지 가서 나팔을 불었는데도 대답이

없었어. 그러다가 대포 소리를 듣고 돌아오는데,
곰이 따라오고 있는 거야. 무서워서 혼났어!"

프렌치 동굴로 돌아오면서 자크는 브리앙에게
속삭였습니다.

"형, 날 보내 줘서 고마웠어."

브리앙은 아무 말도 하지 않고 동생의 손을 꼭
잡았습니다.

동굴로 돌아온 브리앙은 도니펀과 크로스에게
말했습니다.

"너희들이 규칙을 지키지 않았기 때문에 모두
큰일이 날 뻔했어. 하지만 도니펀, 자크를 구해 줘
서 고마워."

"난 그저 할 일을 했을 뿐이야."

도니펀은 브리앙이 내민 손을 쌀쌀맞게 뿌리치
고 밖으로 나가 버렸습니다.

Deux ans de Vacances

15소년 표류기

동굴을 떠난 네 소년

이윽고 체어먼섬에도 따뜻한 봄이 찾아왔습니다. 그러나 도니펀과 브리앙의 사이는 더욱 나빠졌습니다. 도니펀과 크로스, 웨브와 윌콕스는 식사 시간 외에는 다른 아이들과 말을 하지 않았습니다. 언제나 자기들끼리 사냥을 하거나 동굴 한 구석에 모여 뭔가를 속닥거렸습니다.

그러던 어느 날이었습니다. 도니펀이 소년들을 모두 모아 놓고 자신의 결심을 말했습니다.

"나와 크로스, 웨브와 윌콕스는 내일 여기를 떠나겠어."

"뭐? 너, 지금 우리를 버리겠다는 거야?"

고든이 도니펀에게 눈을 부라렸습니다.

"그런 게 아니야. 우리는 그냥 다른 곳에서 자유롭게 살고 싶을 뿐이야. 다시 말해서 브리앙의 지시를 받고 싶지 않은 거야."

"도니펀, 나에게 불만이 있다면 말해 줘."

브리앙이 사정을 하듯 말했습니다. 하지만 도니펀의 생각은 변함없었습니다.

"우리는 외국인 지도자가 마음에 안 들어. 지난 번엔 미국인, 이번엔 프랑스인……. 그럼 다음에는 흑인인 모코가 지도자가 되려나?"

"뭐라고? 좋아, 그렇다면 너희들 마음대로 해
봐!"

브리앙은 화가 나서 소리를 꽥 질렀습니다.

이튿날 아침, 도니펀과 세 명의 소년들은 필요
한 짐만 대강 챙겨서 인사도 하지 않고 곧장 동굴
을 떠났습니다.

도니펀 일행은 뉴질랜드강을 건너 가정 호수의
남쪽 기슭을 거쳐 동쪽 바닷가에 도착하였습니
다. 그들은 일단 가까운 동굴로 들어가 지친 몸을
쉬었습니다.

"먼저 북쪽을 살펴봐야겠어. 보두앵이 발견하지
못한 육지가 있을지도 모르잖아."

도니펀의 의견을 듣고 나머지 소년들도 찬성했
습니다.

이튿날 네 소년은 아침 일찍 북쪽 바닷가를 향

해 부지런히 걸었습니다. 그런데 오후가 되자 날씨가 갑자기 나빠졌습니다. 거센 태풍이 불어닥치더니, 저녁 무렵에는 번개가 번쩍거리고 천둥까지 치기 시작했습니다.

그때 저만치에서 철썩거리는 파도 소리가 들려왔습니다.

"야, 바다다. 빨리 가 보자!"

네 명의 소년은 바다를 향해 힘껏 달렸습니다. 그런데 맨 앞서 달려가던 윌콕스가 갑자기 걸음을 멈췄습니다.

"어, 저게 뭐지?"

윌콕스는 모래밭에 나뒹구는 검은 물체를 가리켰습니다. 조심조심 다가가 보니 그것은 뒤집힌 보트였습니다. 보트 옆에는 두 사람이 죽은 듯이 쓰러져 있었습니다.

"으악, 사, 사람이다!"

"주, 죽은 것 같아!"

소년들은 무서워서 허겁지겁 숲속으로 도망쳤습니다. 숲으로 돌아온 네 소년은 겁에 질려 벌벌 떨었습니다. 바닷가의 모습이 자꾸만 떠올라 잠도 잘 수 없었습니다.

"아까 그 배는 어디서 온 것일까? 쓰러져 있던 사람들은 정말 죽은 것일까?"

"어두워서 잘 보지 못했어. 정말 죽은 시체라면 내일 우리가 묻어 주자."

"내일 다시 가서 확인해 보자."

무섭고 긴 밤이 지나고 아침이 밝았습니다.

소년들은 눈을 뜨자마자 바닷가로 조심스럽게 가 보았습니다. 그런데 어찌 된 일인지 어제저녁까지만 해도 분명히 쓰러져 있던 사람들이 온데

간데없이 사라져 있었습니다.

"어, 시체가 없어졌다!"

"썰물에 휩쓸려 갔을 거야."

네 소년은 불안한 마음으로 보트를 살펴보았습니다. 보트는 오른쪽에 커다란 구멍이 뚫린 채 심하게 부서져 있었고, 안은 텅 비어 있었습니다. 뱃머리에는 '샌프란시스코 세번호'라고 적혀 있었습니다.

"샌프란시스코라면 미국의 항구 도시인데……. 이 배는 미국에서 왔나 봐."

네 소년은 서로의 얼굴을 빤히 바라보았습니다.

Deux ans de Vacances

15소년 표류기

숲에서 만난 아주머니

한편 도니펀 일행이 떠나고 난 뒤 프렌치 동굴에 남은 소년들은 우울한 나날을 보내고 있었습니다. 특히 브리앙은 자기 때문에 이런 일이 벌어졌다는 생각으로 괴로워했습니다. 고든이 브리앙을 위로했습니다.

"브리앙, 너무 걱정하지 마. 그 애들은 겨울이

되면 다시 돌아올 거야.”

브리앙은 다시 이 섬에서 겨울을
맞이해야 한다는 생각에 마음이 무거웠습니다.

“아, 그렇게 하면 되겠어!”

브리앙이 무릎을 탁 치며 소리치자 고든과 백스
터가 화들짝 놀랐습니다.

“어이쿠, 깜짝이야. 뭔데 그래?”

“백스터, 아주 큰 연을 만들어 높이 띄우면 멀리
에서도 그 연을 볼 수 있지 않을까? 섬 어디에서
나 볼 수 있을 거야. 먼바다에 있는 배들이 볼지도
몰라!”

백스터는 고개를 끄덕였습니다.

“좋아. 이 섬에는 바람 부는 날이 많으니까 연을
띄울 수 있을 거야.”

그날부터 백스터의 지시에 따라 소년들은 연을

만들기 시작했습니다.

여러 날이 지나서 마침내 팔각형 모양의 커다란 연이 만들어졌습니다. 억센 갈대의 줄기로 태를 만들고, 슬루기호에 있던 방수 천을 이용했기 때문에 비가 와도 끄떡없었습니다.

소년들은 연 날리는 것을 보기 위해 운동장에 모였습니다. 모두 브리앙의 신호가 떨어지기만을 기다릴 때였습니다. 갑자기 판이 숲속으로 후닥닥 뛰어가더니 킁킁거렸습니다.

"잠깐, 숲속에 뭔가 있나 봐."

브리앙은 연날리기를 멈추게 하고 숲으로 달려갔습니다. 그 뒤를 따라 서비스와 자크가 총을 가지고 뛰어갔습니다.

"사람이다. 사람이 있어!"

나무 밑에 마흔다섯 살쯤 되어 보이는 아주머니

가 쓰러져 있었습니다. 그녀는 피로와 굶주림으로 몹시 지쳐 있었습니다.

자크가 얼른 동굴로 뛰어가 비스킷과 음료수를 가지고 와서 아주머니 입에 넣어 주었습니다. 그러자 아주머니는 겨우 몸을 일으키더니 영어로 말했습니다.

"여러분, 고마워요."

소년들은 아주머니를 부축해서 프렌치 동굴로 데리고 갔습니다. 얼마 뒤 소년들의 정성 어린 간호로 기운을 차린 아주머니는 자신의 이야기를 했습니다.

그 아주머니는 케이트라는 미국인이었습니다. 케이트는 뉴욕 근처에 사는 펜필드라는 사람의 집에서 이십 년 동안 가정부로 일해 왔습니다. 한 달 전에 펜필드 부부는 칠레에 사는 친척 집에 가기 위해 가정부 케이트를 데리고 '세번호'라는 배를 탔습니다. 세번호의 선장은 여덟 명의 선원을 새로 고용했는데, 끔찍하게도 이들은 악당들이었습니다.

배가 출항한 지 열흘째 되던 날, 두목 월스턴을 비롯한 악당들은 선장과 일등 항해사, 그리고 펜필드 부부를 죽였습니다. 그들은 배를 빼앗아 그 배로 흑인 노예장사를 할 계획이었습니다.

배에서 살아남은 사람은 케이트와 이등 항해사 에번스뿐이었습니다. 케이트는 악당 가운데 그나마 인정이 있는 포브스 덕분에 살았고, 이등 항해사인 에번스는 배의 조종을 시키기 위해 악당들이 살려 두었습니다. 그런데 며칠 뒤 배에 불이 났습니다. 배에 순식간에 불이 번지는 바람에 악당 가운데 한 명이 죽고, 나머지 사람들은 식량과 무기만 보트에 옮겨 싣고 달아났습니다.

그로부터 이틀 뒤 보트는 무서운 태풍을 만나 파도에 이리저리 휩쓸려 다니다가 간신히 이 섬에 도착했습니다.

케이트가 정신을 차렸을 때는 두 명의 악당이 보트 곁에 쓰러져 있었습니다. 케이트는 얼른 보트 뒤로 몸을 숨겼습니다.

그때 죽은 줄로 알았던 월스턴과 브랜트, 로크가 모래밭에 나타났습니다. 그들은 정신을 잃고 쓰러져 있는 포브스와 파이크를 흔들어 깨웠습니다. 월스턴은 보트 안에서 총과 탄약을 꺼내며 말했습니다.

"케이트가 안 보여. 어디 있지?"

"걱정할 것 없어. 벌써 바다에 빠져 죽었을 거야."

케이트는 악당들이 사라지자 반대 방향으로 무작정 도망을 쳤습니다. 그러다가 그만 지쳐서 쓰러지고 말았던 것입니다.

케이트의 말을 들은 소년들은 무서워서 몸을 떨었습니다. 브리앙이 걱정스럽게 말했습니다.

"도니펀 일행이 위험해. 빨리 프렌치 동굴로 데려와야 해."

만약 도니펀 일행이 새를 잡기 위해 총이라도 쏘는 날이면 악당들에게 들키고 말 것이 뻔했습니다.

날이 어두워지자 브리앙과 모코는 권총과 식량 그리고 칼을 가지고 보트에 올라탔습니다. 얼마쯤 가다 보니 오른쪽 강기슭에 희미한 불빛이 어른거렸습니다. 하지만 그들이 도니펀 일행인지 악당들인지 알 수가 없었습니다.

브리앙은 혼자서 권총과 칼을 쥐고 불빛을 향해 살금살금 다가갔습니다. 바로 그때였습니다. 숲 속에서 커다란 표범이 울부짖으며 모닥불 쪽으로 달려들었습니다.

"사람 살려, 사람 살려!"

도니펀의 비명 소리가 들렸습니다. 그 소리에 잠이 깬 윌콕스와 크로스, 웨브가 벌떡 일어나 총을 겨누었습니다.

"쏘면 안 돼!"

브리앙은 소리치며 표범을 향해 몸을 날렸습니다. 그러고는 칼로 표범의 목을 힘껏 찔렀습니다. 표범은 그 자리에 쿵 쓰러졌습니다. 표범의 발톱에 긁힌 브리앙의 어깨에서 피가 흐르고 있었습니다.

"브리앙, 네가 어떻게 여기를……?"

"나중에 말해 줄 테니 우선 여기를 빨리 피해!"

"고마워. 넌 내 목숨을 구해 줬어."

도니펀은 브리앙의 손을 꼭 잡았습니다.

다행히 브리앙의 상처는 그리 심하지 않았습니다. 윌콕스가 상처를 치료하는 동안, 브리앙은 악당들에 대한 이야기를 해 주었습니다.

소년들은 서둘러 보트를 타고 프렌치 동굴로 돌아왔습니다. 남아 있던 소년들은 도니펀 일행을 반갑게 맞아 주었습니다.

소년들은 언제 악당들이 프렌치 동굴을 공격할지 몰라 마음이 조마조마했습니다. 동굴 밖으로 멀리 나갈 수도 없었습니다.

문득 브리앙의 머릿속에 기발한 생각이 떠올랐습니다. 연을 타고 하늘 높이 올라가 섬을 정찰하는 것이었습니다. 그렇게 하면 악당들이 숨어 있는 곳을 찾아낼 수 있을 것 같았습니다. 소년들도 모두 브리앙의 계획에 찬성했습니다.

다음 날, 소년들은 연에 사람이 탈 수 있도록 튼튼하게 바구니를 만들어 달았습니다. 그러고는 육십 킬로그램 정도의 무게를 실어 날려 보았습니다. 연은 바람을 타고 두둥실 떠올랐습니다.

"우아, 성공이다!"

환호성을 지르던 소년들에게 또 다른 걱정이 생겼습니다. 누가 바구니를 타고 높은 하늘로 올라갈 것인가가 문제였습니다. 만약에 연이 떨어지기라도 한다면 목숨을 잃을지도 모르는 위험한 일이었습니다.

"내가 탈게."

자크가 손을 번쩍 들었습니다. 도니펀과 몇 명의 소년들도 자신이 타겠다고 나섰지만 자크의 결심은 완강했습니다.

"형, 내가 타게 해 줘. 이 일은 꼭 내가 해야 돼."

"왜 꼭 네가 해야만 해?"

고든이 어리둥절하여 물었습니다. 자크는 결심을 한 듯 입술을 꼭 깨물었습니다.

"이 섬에 온 것은 다 내 잘못으로 생긴 일이야. 여행하기 전날 밤, 난 장난삼아 배에 묶여 있던 밧줄을 풀었어. 그런데 막상 배가 떠내려가자 나는 겁이 나서 아무 말도 못 했어. 그사이 배가 바다 한가운데로 오고 만 거야. 용서해 줘!"

자크는 자신이 저지른 실수를 털어놓고는 엉엉 울면서 잘못을 빌었습니다. 도니펀이 자크의 손을 잡았습니다.

"자크, 넌 우리를 위해 위험한 일들을 많이 했잖아. 지난번 스케이트 사건 때에도 그랬고. 그것만

으로 충분하니까 연은 안 타도 돼."

다른 소년들도 흐느끼는 자크의 어깨를 감싸 안
았습니다.

"모두들 고마워. 하지만 형, 내가 연을 타게 해
줘."

"안 돼. 그런 마음으로 연을 타면 더 위험해. 이
연은 내가 탈 거야. 자크의 잘못은 형인 내가 갚을

게. 난 이 연을 만들 때부터 내가 타려고 마음먹었
어.”

브리앙은 끝내 연을 타겠다고 고집하는 자크를
밀치며 말했습니다.

드디어 브리앙을 태운 연이 하늘로 두둥실 떠올
랐습니다. 바람을 타고 점점 높이 올라가던 연은
어둠 속으로 사라졌습니다. 십 분쯤 지나자 연줄
이 모두 풀렸습니다.

브리앙은 한 손으로 연줄을 잡고 한 손으로는
망원경을 들여다보았습니다.

“저건 악당들의 불빛이 분명해!”

호수 동쪽 부근에서 가물거리는 불빛을 보고 브
리앙은 고리를 떨어뜨려 내려 달라는 신호를 했
습니다. 점점 땅으로 내려가던 연이 매우 흔들리
기 시작했습니다. 바람이 점점 세차게 불어왔습

니다.

"앗, 브리앙!"

브리앙을 태운 연이 땅 가까이 내려왔을 때, 그만 줄이 끊어지고 말았습니다. 연은 바구니와 함께 호수 쪽으로 날아갔습니다.

"브리앙, 브리앙!"

소년들은 호수로 달려갔습니다. 다행히 브리앙은 다친 데 없이 헤엄쳐 나왔습니다.

"악당들이 아직 이 섬에 있어. 조심해야 해!"

그날부터 소년들은 경계를 더 철저히 했습니다.

Deux ans de Vacances

15소년 표류기

동굴 앞에 나타난 에번스

브리앙과 고든은 뉴질랜드강 건너편에서 검은 색 파이프를 주웠습니다.

"이것 봐, 파이프야. 악당들이 떨어뜨린 것 같아."

두 소년은 얼른 프렌치 동굴로 돌아와서 케이트 아주머니에게 파이프를 보여 주었습니다.

"맞다. 이 파이프는 월스턴 거야. 틀림없어."

악당들은 벌써 호수 근처까지 와 있는 것이 분명했습니다.

소년들은 바짝 긴장했습니다. 밤에는 번갈아 가며 총을 들고 동굴 앞을 지켰습니다.

그로부터 사흘째 되는 날 밤이었습니다. 동굴 밖에는 장대비가 계속 쏟아졌습니다. 갑자기 판이 동굴 앞으로 달려가며 짖어 댔습니다.

"쿠르릉……, 왈왈……!"

탕! 총소리가 한 방 들렸습니다. 소년들은 재빨리 동굴 앞으로 달려가 총을 겨누었습니다.

"살려 주세요!"

누군가가 다급하게 외치는 소리였습니다. 케이트 아주머니가 다급하게 소리쳤습니다.

"빨리 문을 열어 줘. 에번스의 목소리야!"

문이 열리자 비에 젖은 남자가 안으로 뛰어 들어왔습니다. 바로 세번호의 이등 항해사 에번스였습니다.

"아니, 정말 아이들뿐이잖아!"

에번스는 소년들을 쭉 살피다가 케이트 아주머니를 보고 눈이 휘둥그레졌습니다.

"케이트 아주머니, 살아 계셨군요!"

"에번스 당신을 다시 만나다니……!"

두 사람은 손을 맞잡고 눈물을 흘리며 반가워했습니다.

소년들은 우선 에번스에게 갈아입을 옷을 주고 음식을 가져다주었습니다. 잠시 후, 기운을 차린 에번스는 동굴까지 도망쳐 온 이야기를 시작했습니다.

"태풍이 치던 날 밤, 우리 여섯 명은 바위 위에

나가떨어졌어. 하지만 크게 다치지는 않았어. 월
스턴은 해변에 쓰러져 있던 두 부하를 데리고 동
쪽으로 갔어."

"아저씨, 우리는 그날 밤 그 바닷가에 있었어요.
쓰러져 있는 사람도 보았고요."

도니펀이 말했습니다.

"월스턴은 고장 난 배를 고치려고 했지만 연장
이 없어서 그만두었어. 그래서 우선 살 곳을 찾다
가, 호숫가에서 팔각형 물건을 보았어."

"그건 우리가 만든 연이에요."

"아, 그게 연이었구나.
어쨌든 그 물건을 보고
섬에 사람이 있다는
것을 알게 되었단다.
그리고 얼마 전에 이

동굴에서 불빛이 새어 나오는 것을 보았어. 다음 날 월스턴이 직접 살펴보고는 너희들만 살고 있다는 것을 눈치챘어."

"나하고 고든이 파이프를 주운 날이었네요."

브리앙의 눈이 동그래졌습니다.

"그럴 거야. 그날 월스턴이 파이프를 잃어버렸다고 투덜댔으니까. 아무튼 놈들이 이 동굴을 습격할 계획을 세우는 것을 듣고 나는 탈출할 결심을 했단다. 그래서 오늘 점심때가 지나 감시가 소홀한 틈을 타 도망쳐 나왔어. 뒤늦게 두 녀석이 총을 쏘며 뒤를 쫓아왔지. 다행히 총알은 어깨를 스쳐 지나갔고, 난 강물 속으로 첨벙 엎어졌어. 그러자 녀석들은 내가 총에 맞아 쓰러진 줄 알고 그냥 돌아갔지. 곧바로 나는 헤엄쳐서 강기슭으로 나와, 개 짖는 소리를 듣고 이리로 달려온 거란다."

에번스는 다시 힘주어 소년들에게 말했습니다.

"자, 우리 모두 나쁜 악당들을 물리치고 보트를 고쳐서 이 섬을 빠져나가자."

고든이 의아한 듯 물었습니다.

"아저씨, 그 보트로 뉴질랜드까지 갈 수 있어요?"

"아니. 일단 근처 항구까지만 가는 거야."

"근처에 항구가 있어요? 이 섬은 태평양의 외딴섬 아니에요?"

"이 섬은 남아메리카 남부에 있는 섬 가운데 하나인 '하노버'란 섬이야."

소년들은 서로의 얼굴을 보며 활짝 웃었습니다. 고향으로 돌아갈 수 있다는 희망으로 가슴이 부풀어 올랐습니다.

Deux ans de Vacances

15소년 표류기

악당들과의 결투

　며칠 동안 악당들이 나타나지 않아 조용했습니다. 소년들은 무기와 탄약들을 점검하고 악당들과 싸울 계획을 세우고 있었습니다. 그날 해질 무렵이었습니다. 웨브와 크로스가 망을 보다가 부랴부랴 달려왔습니다.

　"악당 둘이서 이쪽으로 오고 있어요!"

"로크와 포브스야. 그런데 왜 두 놈만 오지? 무
슨 속셈이 있는 게 분명해."

에번스가 창문 틈으로 내다보면서 말했습니다.
브리앙이 잔뜩 긴장한 얼굴로 물었습니다.

"어떻게 할까요?"

"그냥 친절하게 맞이해 줘. 저 녀석들은 나와 케
이트 아주머니가 죽은 줄 알고 있어. 그동안 우리
는 잠깐 숨어 있을게."

에번스는 케이트 아주머니와 함께 동굴 통로 구
석진 곳에 몸을 숨겼습니다. 이어 고든과 브리앙,
도니펀과 백스터는 아무것도 모르는 척 강가로
나갔습니다. 악당들은 소년들을 보고 몹시 당황
하는 눈치였습니다. 소년들은 천연덕스럽게 물었
습니다.

"아저씨들은 누구예요?"

"우리는 선원이란다. 배가 폭풍우에 부서지는 바람에 이곳까지 떠밀려 오게 되었단다. 배가 매우 고프니 먹을 것 좀 다오."

로크라는 악당은 아주 험악하게 생겼고, 포브스는 부드러운 인상이었습니다. 소년들은 두 악당을 동굴로 데리고 들어섰습니다. 로크와 포브스는 동굴 앞에 놓여 있는 대포와 총들을 보고 깜짝 놀라는 듯했습니다.

두 악당이 식사를 끝내고 나자, 고든은 부엌에 딸린 방으로 안내를 했습니다.

"이 방에서 쉬세요."

두 악당은 침대에 눕자마자 곧 잠이 들어 버렸습니다.

잠시 후, 소년들이 모여 있는 홀에 에번스와 케이트 아주머니가 살며시 나타났습니다.

두 시간쯤 지나자 동굴 앞쪽에서 무슨 소리가
났습니다. 로크가 문을 받치고 있던 돌을 치운 뒤
빗장을 풀고 있었습니다. 그는 동굴 문을 열어서
밖에 있는 월스턴 일당을 불러들일 계획이었습니
다. 바로 그때, 누군가가 로크의 어깨를 꽉 붙잡았
습니다.

"앗, 에번스!"

"얘들아, 덤벼라!"

로크가 놀라는 사이 에번스가 외쳤습니다. 그러
자 소년들이 우르르 달려 나와 포브스를 잡았습니
다. 그러는 사이 로크는 에번스를 향해 칼을 휘
두르며 밖으로 달아났습니다. 에번스가 총을 쏘
며 뒤쫓았으나 놓치고 말았습니다.

에번스는 포브스에게 칼을 들이댔습니다.

"이 나쁜 놈들!"

"에번스, 잠깐만요. 이 사람은 세번호에서 나를 구해 주었어요. 살려 주면 안 될까요?"

케이트 아주머니가 애원하듯 말했습니다. 에번스는 케이트 아주머니를 생각해서 포브스를 살려 주었습니다. 그 대신 밧줄로 꽁꽁 묶어 창고에 가두었습니다.

다음 날 에번스는 큰 소년들을 데리고 동물을 잡기 위해 함정을 만들어 놓은 '함정숲'으로 정찰을 나갔습니다. 프렌치 동굴은 케이트 아주머니와 어린 소년들이 남아서 지켰습니다.

소년들은 숲속에서 많은 발자국과 모닥불을 피웠던 흔적을 발견했습니다.

"놈들이 조금 전까지 이곳에 있었던 것 같아!"

에번스의 말이 끝나기가 무섭게 총소리 한 방이 울렸습니다. 총알은 브리앙의 머리를 살짝 스치고 지나갔습니다. 동시에 도니펀이 나무 사이로 재빠르게 달려가는 악당을 보고 총을 쏘았습니다.

"으악!"

수풀 속에서 악당 하나가 쓰러졌습니다.

"파이크 녀석이야. 나머지 녀석들도 이 근처에

있을 거야. 조심해.”

에번스의 말에 모두 몸을 납작 엎드렸습니다. 그때 가넷이 주위를 둘러보다가 외쳤습니다.

“브리앙이 안 보여!”

“브리앙, 브리앙! 어디 있어!”

소년들은 브리앙을 부르며 주위를 찾았습니다.

“컹컹!”

판이 무엇을 보았는지 마구 짖어 댔습니다. 도니펀이 달려가 보니 브리앙이 악당 중 한 명인 코프와 서로 뒤엉켜 몸싸움을 벌이고 있었습니다. 코프가 바닥에 깔려 있는 브리앙을 향해 칼을 내려치려던 순간이었습니다.

“안 돼!”

도니펀이 몸을 날려 코프를 덮쳤습니다. 순간 코프의 칼이 번쩍하더니 도니펀의 가슴을 쿡 찔렀습니다. 코프는 숲속으로 도망쳤습니다.

"도니펀, 정신 차려!"

브리앙이 울부짖었습니다. 그러나 도니펀은 눈을 감은 채 꼼짝도 하지 않았습니다. 브리앙이 말했습니다.

"상처가 심해. 빨리 동굴로 옮기자."

소년들은 들것을 만들어 도니펀을 누이고 동굴을 향해 달렸습니다. 동굴 가까이 가자 소년들의 비명 소리가 들렸습니다. 악당들이 프렌치 동굴로 들이닥친 것이었습니다.

"크로스, 웨브, 가넷은 여기서 도니펀을 지키고 있어. 나머지는 나를 따라와."

에번스는 고든, 브리앙, 서비스, 윌콕스와 함께 곧장 동굴로 달려갔습니다. 동굴 앞에 다다른 에번스와 소년들은 깜짝 놀랐습니다. 월스턴이 자크를 끌고 강 쪽으로 급히 가고 있었습니다. 이어 브랜트가 코스타를 끌고 나왔습니다. 강가에는 악당 중 한 사람인 부크 쿡이 동굴에서 훔친 보트를 띄운 채 기다리고 있었습니다.

에번스와 소년들은 있는 힘을 다해 강 쪽으로 달려갔습니다. 그때 판이 쏜살같이 달려가더니 브랜트의 목을 꽉 물었습니다. 브랜트는 엉겁결에 코스타를 놓쳤습니다. 그러자 한 남자가 동굴에서 나와 월스턴을 향해 달려왔습니다. 바로 포브스였습니다.

"포브스, 빨리 와!"

월스턴이 반갑게 소리쳤습니다.

그러데 이게 웬일입니까? 포브스가 월스턴을 공격하는 것이었습니다. 그 바람에 월스턴은 자크를 놓쳤고, 돌아서면서 포브스를 칼로 찔렀습니다. 포브스는 칼에 찔린 채 땅바닥에 쓰러졌습니다. 월스턴은 다시 자크를 붙잡으려고 했습니다. 순간 자크가 재빨리 허리춤에서 권총을 빼더니 월스턴을 쏘았습니다. 총에 맞은 월스턴은 비틀거리면서 겨우 보트에 올라탔습니다. 이미 보트에 타고 있던 브랜트와 부크 쿡이 힘껏 노를 저었습니다.

쾅! 어디선가 포탄이 날아와서 보트를 명중시켰습니다. 모코가 프렌치 동굴에서 대포를 쏜 것이었습니다.

세 명의 악당은 바닷속으로 영원히 사라졌습니다. 이제 남은 악당은 함정숲으로 도망간 두 명뿐이었습니다.

Deux ans de Vacances

15소년 표류기

안녕, 체어먼섬

　한바탕 싸움이 끝나자 소년들은 두 사람의 부상
자를 간호하는 일에 매달렸습니다. 도니펀은 다
행히 심장을 찔리지 않아 생명이 위험하진 않았
습니다. 하지만 포브스는 상처가 깊어서 도저히
살아날 가망이 없어 보였습니다.
　케이트 아주머니는 상처에 잘 듣는 오리나무 잎

을 뜯어다가 두 사람의 상처에 붙여 주었습니다. 포브스의 눈에 눈물이 가득 고였습니다.

"케이트, 고마워요. 하지만 저는 가망이 없어요."

다음 날 새벽, 포브스는 끝내 숨을 거두고 말았습니다. 소년들은 포브스를 프랑수아 보두앵의 무덤 옆에 나란히 묻어 주었습니다.

여전히 두 명의 악당이 남아 있었습니다. 소년들은 아직 안심할 수 없었습니다. 에번스와 소년들은 다시 함정숲을 살피러 나갔습니다. 그들은 뜻밖의 핏자국을 발견했습니다. 핏자국을 따라가 보니 코프가 피를 흘린 채 쓰러져 죽어 있었고, 로크는 함정에 빠져 이미 싸늘한 시체로 변해 있었습니다.

"모두 용감하게 잘 싸웠다. 내일부터 세번호를 고치도록 하자."

"우아!"

에번스의 말에 모두 함성을 질렀습니다.

다음 날부터 세번호 수리가 시작되었습니다. 길이가 구 미터에 너비가 이 미터가량 되는 세번호는 에번스와 케이트 아주머니, 그리고 열다섯 명의 소년들이 거뜬히 탈 수 있는 보트였습니다.

보트는 꼬박 한 달이 걸려 수리가 끝났습니다. 도니펀도 옛날처럼 다시 건강해졌습니다.

소년들은 프렌치 동굴에 있는 짐을 하나씩 보트에 옮겨 실었습니다. 금화, 식량, 무기, 취사도구, 망원경, 나침반 등 꼭 필요한 물건들만 골라서 챙겼습니다.

2월 5일, 출발하기로 한 날이 밝았습니다. 소년들은 아침 일찍 보두앵과 포브스의 무덤에 가서 작별 인사를 하고 돌아왔습니다.

"출발!"

"잘 있어라, 체어먼섬!"

보트는 뉴질랜드강을 타고 서서히 내려갔습니다. 소년들은 이 년 동안 정들었던 체어먼섬을 향해 손을 흔들었습니다.

2월 11일, 보트는 바다 한가운데로 나와 마젤란 해협을 지나고 있었습니다. 안데스산맥 위로 눈 쌓인 산들이 보였습니다. 브리앙이 체어먼섬에서 보았던 흰 점은 바로 안데스산맥 위에 쌓인 눈이었습니다.

다음 날 아침, 서비스가 소리쳤습니다.

"저기 봐. 배다!"

"와!"

정말 구백 톤쯤 되어 보이는 커다란 배 한 척이 지나가고 있었습니다.

"모두 총을 쏴서 신호를 보내라!"

소년들은 에번스의 지시에 따라 모두 총을 쏘았습니다.

2월 15일, 마침내 소년들은 꿈에 그리던 오클랜드 항구에 내렸습니다. 죽은 줄로만 알았던 소년들이 이 년 만에 나타나자, 가족들은 감격의 눈물을 흘렸습니다.

이 소식은 순식간에 퍼졌고, 이내 열다섯 소년들의 이야기로 온 나라가 떠들썩해졌습니다. 백스터가 프렌치 동굴에서 쓴 일기는 『15소년 표류기』라는 책으로 나왔습니다. 그리고 이윽고 날개 돋친 듯 팔려 나갔습니다.

아이들을 구하기 위해 애를 쓴 케이트와 에번스도 많은 사람들로부터 환영을 받았습니다. 그들 앞으로 모금이 이루어졌으며, 케이트 아주머니는 멋진 상선 한 척을 받아서 선주이자 선장이 되었습니다.

오클랜드항을 중심으로 케이트 아주머니가 항해를 마치고 돌아오자, 브리앙, 가넷, 윌콕스 등 많은 아이들이 아주머니에게 자신들과 함께 살자고 요청했습니다. 하지만 케이트 아주머니는 도니펀의 집에서 살기로 했습니다. 도니펀은 섬에 있을 때 케이트 아주머니의 정성스러운 간호 덕분에 다시 건강을 되찾을 수 있었지요.

소년들은 이 년 동안 체어먼섬에서 생활하면서 어떤 어려움도 이겨 낼 수 있다는 값진 교훈을 얻었습니다. 고향에 돌아온 그들은 모두 몸과 마음이 훌쩍 자라 매우 믿음직한 모습으로 성장해 있었습니다.

쥘 베른
(Jules Verne, 1828~1905)

쥘 베른은 1828년 프랑스의 항구 도시 낭트에서 태어났습니다. 법률가였던 베른의 아버지는 베른 역시 법률가로 키우고 싶어 했습니다. 하지만 항구에서 태어나 수많은 배들을 보면서 모험심을 키우며 자란 베른은 배를 타는 탐험가를 꿈꾸었습니다.

베른은 열두 살 때 부모 몰래 인도로 가는 배를 타고 항구를 떠난 적이 있습니다. 그러나 얼마 가지 않아 선원들에게 발각되어 집으로 붙들려 왔지요.

그는 열아홉 살이 되었을 때 법률 공부를 하기 위해 파리로 떠났습니다. 하지만 법률 공부보다 지리와 천문학을 공부하며 독서와 연극 구경에 더 빠져 지냈습니다. 희곡을 쓰기 시작한 베른은 점차 과학 소설과 모험 소설을 즐겨 쓰기 시작했습니다.

1863년에 출판한 『기구를 타고 5주일』이라는 모험 소설은 나오자마자 불티나게 팔리면서 베른을 유명한 작가로 만들었습니다. 이후 그는 『20세기 파리』(1863), 『지구 속 여행』(1864), 『지구에서 달까지』(1865), 『해저 2만 리』(1870), 『80일 간의 세계 일주』(1873), 『신비의 섬』(1874), 『15소년 표류기(원제: 2년 동안의 방학)』(1888) 등 80여 편의 작품을 발표했습니다.

베른의 소설을 두고 허황된 이야기라고 여기는 사람들도 있었지만, 그의 소설 속에 등장했던 잠수함이나 인공위성 등의 첨단 문명은 오늘날 실제로 존재하고 있습니다.

베른은 오랫동안 앓던 당뇨병으로 인해 1905년 세상을 떠났습니다. 하지만 쥘 베른의 훌륭한 작품들은 지금도 전 세계 어린이들뿐만 아니라 어른들 가슴에도 꿈과 희망을 심어 주고 있습니다.